φ《ファイ》は壊れたね

森 博嗣

KODANSHA NOVELS
講談社ノベルス

ブックデザイン＝熊谷博人
カバーデザイン＝坂野公一（welle《ヴェレ》 design《デザイン》）
フォントディレクション＝紺野慎一（凸版印刷）

目次

Path connected φ broke

by

MORI Hiroshi

2004

登場人物

戸川《あさかわ》　優《ゆう》……N芸大４年生
白金《しろがね》　瑞穂《みずほ》……N芸大４年生
町田《まちだ》　弘司《ひろし》……N芸大４年生
舟元《ふなもと》　繁樹《しげき》……フリータ
佐藤《さとう》　憲一《けんいち》……宅配便の配達人
岸野《きしの》　清一《せいいち》……新聞配達人
馬岡《うまおか》　芳樹《よしき》……町田の隣人
黒澤《くろさわ》　通彦《みちひこ》……大家
赤柳《あかやなぎ》　初朗《はつろう》……探偵

加部谷《かべや》　恵美《めぐみ》……C大学２年生
海月《くらげ》　及介《きゅうすけ》……C大学２年生
山吹《やまぶき》　早月《さつき》……C大学大学院M１
西之園《にしのその》　萌絵《もえ》……N大学大学院D２
国枝《くにえだ》　桃子《ももこ》……C大学助教授
犀川《さいかわ》　創平《そうへい》……N大学助教授

鵜飼《うかい》……愛知県警刑事
近藤《こんどう》……愛知県警刑事
三浦《みうら》……愛知県警刑事

主体は世界に属さない。それは世界の限界である。

世界の中のどこに形而上学的な主体が認められうるのか。

君は、これは眼と視野の関係と同じ事情だと言う。だが、君は現実に眼を見ることはない。

そして、視野におけるいかなるものからも、それが眼によって見られていることは推論されない。

(TRACTATUS LOGICO-PHILOSOPHICUS ／ Ludwig Wittgenstein)

プロローグ

記号はシンボルの知覚可能な側面である。

その劇的な夜は、静かな宇宙の底に沈んでいた。

飾り気のないダンボール箱の中にびっくりするようなプレゼントが隠されている、そんななんの変哲もない平凡な日々の中に突如として現れるトピックスがある。道端に落ちている小石に目をとめ、立ち止まり膝を折り、その裏側を見てみたい、と手を伸ばす、そんな小さな好奇心が、アーティストでもない、サイエンティストでもない、平均的な普通の人間にふと芽生《めば》えることがある。平滑で均質に見える物質が、実は細かい粒子の粗密を繰り返しているのと同様に、連続に見える日常にも、ときどき何かに突き当たるものが現れる、という理屈かもしれない。

当夜、山吹早月《やまぶきさつき》は友人舟元繁樹《ふなもとしげき》のマンションに遊びにきていた。そもそもこれが珍しいことだった。舟元とは、特に親しいわけでもなく、また彼のマンションを訪れたのも初めてのことである。舟元とは、大学の同級生、工学部の同じ学科だった。山吹が大学院へ進学し、舟元は卒業して社会人となった。この社会人というものの実体が、実は山吹にはよくわからない。大人であり、かつ学生ではない人々の集合を示すように観察される。舟元は卒業はしたものの、就職をしていない。バイトを幾つか掛け持ちでやっているようだ。しかし、それは学生のときからのこと。彼は常にバイトに明け暮れていた。つまりなにも変わっていない。大学の講義や卒論がなくなった分だけ、フリーな時間が増えたはずだ。そういう楽になった状況を、「社会人」と称することには多少抵抗がある。だが、山吹も大学院に進学して、これに似た感覚を持っていた。何の役に立つのかわからない講義、レポートそしてテスト、それなのに自分を拘束するそれらのシステム。そういった理不尽な制限が、急に自分の周りから消えてしまった。残っているものはといえば、自分に関係のあるものばかりだ。シンプルになり、わかりやすくなった、といえる。この結果として、実に明確な時間の過ごし方が可能になった。毎日、研究室に出勤する。そう、出勤という表現が相応《ふさわ》しい。まるで就職したような気分である。つまりこれが、社会人というものか。安定感があることは、確かなように思える。ただし、その安定感とは、現在位置からの移動の難しさを意味しているようだ。

舟元には、進学してから一度も会わなかった。急にメールが来て、引越をして近くになった、と彼の方から知らせてきた。それならば久しぶりに一度会おう、と急に話がまとまって、二日後の金曜日の夕方、山吹はバイクを知らない隣町へ向かって走らせた。メールで添付されてきたマップがあったので迷わずにすんだ。

鉄筋コンクリート造の六階建てのマンションだった。確かに、学生が一人で住むような場所ではなさそうである。北側に駐車場があったので、そこの片隅にバイクを駐めた。ガラスのドアを押してロビィに入り、エレベータに乗った。五階へ直行。通路からは北側の駐車場が見下ろせた。

エレベータに一番近い部屋が五〇一号室だった。《舟元》の表札を確かめて、山吹はインターフォンのボタンを押す。日本中で統一されているのか、と思えるほど平均的なチャイムが鳴った。しばらく待ったものの、反応がない。もう一度ボタンを押す。腕時計を見た。約束の時刻を一分過ぎていた。

山吹は時間には正確な方である。これは両親からの影響だ。父は、何事も余裕を見て予定よりも早く行動しないと気がすまない。母は逆にゆっくりとぎりぎりまで動かない。二人が行動を共にするときは、常に父が母を急《せ》かせる、という当然の構図となる。再三その光景を見ていた彼は、ちょうど良い時刻にできるかぎり合わせることを自身の方針に決めたのである。山吹には姉がいるが、彼女は両親の性質を併せ持ち、時刻にルーズで失敗すると、次は必要以上に余裕を見る、というばらつきの多い性格である。姉よりは自分の方が、その点では勝っている、と山吹は確信していた。

我慢をして時間を無駄にやり過ごし、三度目にチャイムを鳴らそうとしたとき、ドアが開いた。頭の毛を立て、メガネをかけていない舟元の顔が、ドアの間から覗いた。

「誰？」舟元が眩《まぶ》しそうな顔できく。

「誰って、僕だよ。山吹」

「ああ、山吹か……」舟元は、目をしょぼしょぼとさせる。「ごめん、見えなくて」

「メガネは？」

「ああ、うん、昨日の夜、なくしちゃってさ。まいったよ」舟元はドアをさらに開ける。「早いな……」

「早くないよ。約束の時間だ」

「あらら、ホント？　まだ、三時頃だと思ってた」

「五時半」

靴を脱いで部屋の奥へ進む。カーテンが引かれていて、薄暗い。リビングとキッチンがワンルーム。横にもう一部屋あるようだ。そちらの戸が開いていた。

「悪い悪い。寝ていたんだ。今起きたところ」

「見ればわかるよ」

「まあ、そこら辺に座ってて」舟元はそう言うと、隣の部屋へ消えた。ドアが閉まったので、着替えをするのだろうか。黄色のジャージの上下だった。寝間着かもしれない。

山吹は、散らかった雑誌をテーブルに積み直してから、ソファに腰掛けた。彼自身は、部屋の整理整頓が大好きな人間である。したがって、こういう部屋は非常に落ち着かない。

舟元がようやく部屋から出てきた。驚いたことに、白いシャツに黒い上下のスーツを着ている。

「何、それ」思わず山吹はきいた。「どこか行くの？」

「いや、これが、普段着なんだ」

「へえ」山吹は吹き出した。ホストでもしているのか、と思ったけれど、口にせず。そういう馴《な》れ馴《な》れしい仲ではない。

「さあて、腹が減ったなあ」両手を挙げて、舟元は深呼吸をする。まだ眠そうな顔ではある。「なにか作ろう。何がいい？」

「なんでもいいよ」

「まず、なにか飲もう」

「今日は、バイトないの？」

「大丈夫大丈夫。えっと、今、五時半だろう？　あと四時間くらいは大丈夫」

「え？　ああ、そう。そんな時間から始まる仕事があるわけだ」

「まあね」

「どんな仕事？」

「うんと、引越」

「引越？」

「だから、引越屋だよ」

「なんで、そんな時間に引越するわけ？」

「そりゃ、人それぞれ事情ってものがあるからさ」

「へえ、もしかして、それ、夜逃げ？」

「違う違う」舟元は首をふった。「ほら、商売とかだと、営業時間とかあって、他の店に迷惑にならないように、営業が終わってからしか荷物とか運び入れたりできないんだ」

「ああ、運び入れる方か……。なるほどね」山吹は頷《うなず》く。

「飲みもの、何がいい？」

「うーん、僕はビールかな」

「よしよし」頭の毛を片手で掻き上げながら、舟元は冷蔵庫の扉を引いた。頭を中に突っ込む。まるで頭を冷やそうとしているみたいだった。視力が低いため、そうしないと中のものが確認できないのだろう。「ああ、そうか……、駄目だ」

「どうしたの？」

「悪い悪い」舟元は顔を出して笑った。

「ビールないの？　ビールじゃなくてもいいよ」

「そうそう、今日買いにいくつもりだったんだ、お前が来るまえにさ。その方が新鮮で良いだろうと思って」

「新鮮？　ビールが？」

「ちょっと、俺、買ってくるわ」

「どこへ？」

「いやいや、すぐそこ。便利なんだよな、すぐ近くにコンビニがあってさ」

「あ、じゃあ、一緒に行こうか？」山吹は腰を浮かせる。

「いやいや、悪いのは俺なんだから、罪滅ぼしに、重い荷物を一人で運んできてやる」

「いや、別に……、罪滅ぼしなんかしなくても」

「ビデオでも観ててくれ」

「何のビデオ？」

「そこら辺にあるやつ、どれでもいいから。もう、びっくりだよ。鼻血出さないようにな」

舟元は廊下の方へ出ていった。玄関のドアが開いて、閉まる音が聞こえる。

山吹は溜息をつく。ソファの横、それに床にも、ビデオテープが積まれていたが、一番上のものと、残りの背の部分のタイトルだけ読んで離脱した。そういうものが、好きな連中がいることは認めているが、自分は好きになれない。どちらかというと、気持ちが悪い、と感じてしまう。鼻血といえば、先日書店に入ったとき、鼻にティッシュを差し込んだ男が立ち読みをしていて、やはり、その種の本ばかりが並んでいるコーナだった。山吹は可笑《おか》しさを堪《こら》えてその場を通り過ぎたが、その可笑しさを誰かに話すことはできなかった。話すだけで下品だと思えたからだ。

山吹の友人の中には、そういった下品な人間は少ない。舟元が、その境界線上に位置する最右翼、否、最左翼かもしれなかった。左右どちらかな、と三秒ほど考えてから、無駄な思考だと気づいて中止。

ポケットの中で携帯電話が振動する。山吹はそれを取り出して開いた。後輩の加部谷《かべや》恵美《めぐみ》からだった。

「はいはい」明るい声を絞り出して、山吹は応対する。

「あ、今、いいですか？」

「何？」

「えっとぅ、あのぉ、お願いがあるんです。すみません。加部谷は、今とっても反省しています」

「何なの？」

「あ、山吹さん、もう怒っているでしょう？」

「怒ってないよ。何なの、お願いって」

「あのぉ、ビデオを録《と》ってほしいんですぅ」

なるほど、とやはり溜息をついた。加部谷のこのお願いは、通算で四回目になる。

少々面倒だが、しかたがない。

「いいよ、いつ？」

「それが今夜なんです」

「何時？」

「えっと、八時から。あ、ぁ、駄目ですよねぇ、そんな急ですものねぇ、さすがに私も、これは酷《ひど》いんじゃありませんかって……」

「うん、今ね、友達のところにいて、これから食事をすることになっているからさ、どうかな、やっぱりちょっと無理かも、八時に帰るのは」

「ごめんなさい、そうですよねぇ。うーん、困ったなぁ」

「こういうときに、携帯から録画の操作ができるビデオデッキだと便利だよね」

「来年くらいには、そういう生活がしたいです」

加部谷の言葉を、山吹はちょっと考える。来年とは、どういう意味だろう。単に、来年には最新式のデッキを購入する予定なのか、それとも、ボーイフレンドがそういうつもりでいる、という意味なのか、あるいは、そういうボーイフレンドをこれから見つける、という線だろうか……。「生活がしたい」というニュアンスは、どことなく生々しい印象である。もしかして、暗に、山吹に新システム構築を促《うなが》しているのだろうか。

「そうかぁ、どうしようかなぁ……、あ、いいです。すみませんでした」

「えっとね、海月《くらげ》に頼んでみたら?」

「え? 海月君? 彼って、テレビも持ってないじゃないですか」

「いや、僕の部屋の鍵をね、彼が開けられるから」

「えぇ!」加部谷は大声を出す。「うわぁ、すいません。凄《すご》いこと聞いちゃった。私、誰にも言いませんから」

「いや、ちょっと事情があってさ」

「あ、いえいえ、そんなぁ、その、個人的なことを深く追及したりとか、私しませんよ。そんな絶対、詮索もしませんから、ええ、いいですとも」

「あれ? いや、違うって。あのね、たまたま、あいつのアパートでガス爆発があってさ。聞いてない?」

「えぇ! いつです? ガス爆発?」

「うん、彼の部屋の上だったって」

「うっわぁ、凄い」

「凄かったらしいよ」

「あ、でも、今日、海月君に会ったけど、そんな話、なにもしなかったですよ。本当ですかぁ？」

「ま、とにかくね、それで、今夜から、僕のところに数日泊まることになってて、僕は帰りが遅いから……」

「鍵を渡したんですかぁ？　うわぁ、勇気ありますね」

「渡してないけど、隠してある場所を教えたんだ」

「そうかそうか、じゃあ、海月君に頼めば、ビデオを録ってもらえるってことですね？」

「そうそう。だけど、問題はまだあるよね」

「海月君が、その時間にいるかどうか……」加部谷は言った。なかなか頭の回転が速い。

「それから、奴にどうやって連絡をするのか」

「そっかぁ……、携帯持ってないんだ」

「僕の部屋にも電話はないからね」

「わかりました。私、直接行きます。私もお邪魔をして良いですか？」

「え？」

「海月君は良くて、私は駄目だって言うんですか？　それって、なかなか勇気がいる判断だと思うんですけど」

「わかったわかった。ちぇ、しょうがないなあ、もう……」

「わあい。それじゃあ、そこでテレビ見ながら、ビデオを録れば良いわけですねぇ。あぁ、そうか、あとは、デッキの使い方がわかるかどうかってことくらいかな、障害は」

「そんなの、見たらわかるよ。マニュアルも、テレビの横のラックに入っている。灰色の小さなファイルキャビネットの上から三段目だよ」

「すっごいですねぇ、山吹さんのそういうとこって、真似できませんよ。何時頃お帰りですか？」

「え？　さあ、わからないよ。遅くなると思う」

「待ってて良いですか？」

「ちょっと、それはさ……、僕じゃなくて、君が自分で判断してほしい問題だと思うな」

「うわぁ、問題ですか？」

「よくわかんないけど……、あの、とにかく、勝手にあちこち開けたりしないでね」

「わかりませんよう、だって、海月君がするかも」

「あいつは、そんなことしないよ」

「信頼してますねぇ……、私と違って」

「あいつは、そういう性格だから」

「それに比べて、私はこういう性格ですものねぇ、何をするかわかったもんじゃないですよね。ええ。反省してます、ちょっとだけですけど」

「うん、じゃあ、まあ、頑張って」

「うわぁ、頑張ります」

「わからないことがあったら、いつでも電話して」

「しちゃうと思います。どうもありがとうございました」

電話が切れる。

海月及介《きゅうすけ》というのは、山吹の友人で、中学時代の同級生だった。しかし今は、三年年下の加部谷恵美と同級生になっている。計算が合わないのは、つまり海月が大学に入るまえに三年間をロスしているためだ。ただし、聞くところによると、受験に失敗したのではなく、その間どこか海外へ出かけていたという。彼は「留学」とは言わなかった。何をしていたのか、詳しくは山吹も知らない。

一方の加部谷恵美は、同じ学科の後輩の中では飛び抜けて親しい。学科が同じであっても、上下の学年で交流はほとんどないのが普通である。同じクラブだとか、同郷だとか、そういった共通点もないのに、彼女とは知らないうちに知り合いになった。きっかけが何だったのか、はっきりと思い出せない。だから、知らないうち、なのである。唯一の接点といえば、山吹が研究指導を受けているN大の西之園《にしのその》萌絵《もえ》という名の先輩と、加部谷恵美が知り合いだった、ということくらいだろう。西之園は、C大の山吹の研究室にほとんど毎日やってくる。どういう経緯で、彼女がC大にいるのか、よくわからないが。

いずれにしても、山吹の交友関係の中では、海月が最も親しい。そして、加部谷が年下の女性では唯一親しい、と評価して良い。

電話を閉じてからしばらく、海月と加部谷の二人が自分の部屋にいる情景を想像してみた。部屋は片づいているから、特に心配することはない。彼の場合、疚《やま》しいものなど日頃から身近に置いていないからだ。それよりも、海月と加部谷が、どんな会話をするのかが、気になった。しかし、どうしても想像できない。なにしろ海月はしゃべらないのだ。一方の加部谷は相当なおしゃべりである。消防車の放水のように一方的な会話になるにちがいない。考えるだけでも可笑しい。実際に息が二、三度もれた。

どすんという物音がした。マンションだから、どこかの部屋で、誰かが飛び跳ねたのだろうか。よくあることだ。音は一度だけ。あとはしんと静まりかえっている。山吹はソファにもたれかかり、天井を見上げた。壁には小さな時計が掛かっていた。時刻は五時四十五分。

さて、山吹早月の現在位置から上方約五メートルのところで、その劇的なイベントは既に始まっていた。否、終わっていた、というべきかもしれない。

事象の始まりとは、すなわち、意志の立ち上がりであり、決意をし実行しようと最初の息を吸ったときには、多くの結果はほぼ決まっている、といえるだろう。もちろん、思いどおりに事が運ばない事例も多いが、しかしそれでも、予想とは多少違ったものであれ、結果が現れることには変わりはない。大半の場合、客観的に評価すれば、その差異は僅《わず》かである。

事後、舟元の部屋の真上に当たるその現場は、お祭りのような、おもちゃのような、あるいは、びっくり箱のような、と方々で形容された。誰が見ても派手なデコレーションの中、一人の男が、両手を斜めに挙げ、脚を真っ直ぐに伸ばした姿勢で、床から浮いていた。アルファベットのYの形である。

しかし、この特別な部屋が世間に広く注目されるに至った理由は、もっと単純で、もっと誠実な状況にあったといえる。

新聞やテレビが何度も繰り返した言葉は、「密室」だった。

この言葉の力は、いかにしてその状況が作られたのか、という疑問の包含と主張に起因している。どんな異様な惨状も、いかに特殊な動機も、ありえないものではない。「想像を絶する」と評価されるもののほとんどは、単に平均値からの振幅の大きさを誇張しているにすぎない。容易ではなくとも、想像は可能なのだ。

それに比べて、その状況に至ったプロセスを物理的に説明することができない現象は、ただそれだけで際立っている。

この想像しがたい状況が成立する過程を、以下に詳述する。

第1章　密室の中に浮遊する死体の状況について

論理的必然性のみが存在するように、ただ論理的不可能性のみが存在する。

1

戸川優《あさかわゆう》は、マンションの玄関前の階段に座っていた。夕日は、すぐ前に建つファミリィレストランの建物に隠れて見えない。もう五分ほど彼女はそこにいる。

ついさきほど、後ろのドアが開いて、黒いスーツをだらしなく着た男が駆け出ていった。階段を下りたところで、振り返って彼女の方をちらりと見た。男って、そういう見方をするものだ。女だったら、すぐ横でじっと見る場合の方が多い。お前なんかまともには見てやらないぞ、というつもりだろうか。

約束の時刻の一分まえに、白金瑞穂《しろがねみずほ》がやってきた。フリルのついたブラウスにジーンズ。代わり映えのしないいつもの格好だ。はっきりいってセンスの欠片《かけら》もないが、わざとそういうファッションにチャレンジしているつもりかもしれないし、彼女が今よりも魅力的になることには抵抗があるから、もちろん指摘したことは一度もなかった。

「ちゃんと約束に来れるんだ」戸川は立ち上がって言った。

「何？　どきどきして、早く来ちゃったとか？」澄ました表情で白金が言い返す。

「ああ、もうなんでもいいけどさ、早いとこ、決着つけてやろうぜ」戸川は短い溜息をついた。

「意気込んでるよぅ」

「意気込んでねえよ。馬鹿。面白くもなんともない」

二人は睨《にら》み合いながら階段を上り、ロビィに入っていった。エレベータの手前に並んでいるポストをなにげなく見る。視線は六〇一号室へ。郵便物がポストの口からはみ出ていたけれど、放っておく。

エレベータに無言で乗った。六階のボタンを押したのは戸川だった。奥で白金が立って腕組みをしていた。さすがに彼女も緊張している様子である。実際に、本気になって彼女と取っ組み合いの喧嘩《けんか》をしたら、体力的に考えて、おそらく自分に勝ち目はないだろう、と戸川はいつも考える。もう何度それを考えただろうか。

六階の通路に出る。一番端のドアの前に立った。《六〇一　町田弘司》と書かれた表札。インターフォンを鳴らす。音は微《かす》かにしか聞こえない。エレベータの作動音が後方でした。今は通路には誰もいなかった。同じフロアに六室あるマンションである。通路は真っ直ぐだから見通しが良い。ドアが他に五つ並んでいる。

もう一度インターフォンを鳴らしたが、反応はなかった。

戸川は携帯電話で時間を確かめた。それから、念のために町田《まちだ》に電話をかける。耳に当てて待っている間も、インターフォンを鳴らした。エレベータが開く音がして、見知らぬ男性が出てきた。彼女たち二人をじろりと見てから、通路を遠ざかっていく。二つ離れた六〇三号室のドアの前に立ち、ポケットに手を突っ込みながら、またこちらを見た。

白金がドアを叩いた。それから、ドアノブを摑んで回そうとするが、回らない。白金は舌打ちする。戸川がかけている電話も、誰も出なかった。

「まったく、何やってんだろ」戸川は言葉を吐き捨てる。

振り返ると、まだ男がこちらを見ていたので睨み返してやった。彼は、ドアを開けて姿を消した。そのすぐあと、今度は隣のドアが少しだけ開き、若い男が顔を出した。こちらを一瞬だけ見る。

「馬鹿にしやがって」戸川はドアを蹴った。

「えっとさぁ、管理人だよ、ほら」白金が大きな声で言う。「開けてもらおう。まえ、開けてくれたじゃん」

「うん」戸川は頷いた。

2

山吹早月はソファにもたれ、左足を右膝の上にのせていた。右手は研究室の同僚へメールを打っている。左手は頭の髪を触っていた。斜め後方の毛が跳ねていることが判明したので、なんとか直そうと試みてみたけれど、そんな素直な髪ではなかった。跳ねるのが自分の使命だと勘違いしている可能性もある。

チャイムが鳴った。

何の音なのか判断するのに三秒ほどかかる。ここは彼の部屋ではない。どうやら、誰か来訪者のようだ。あるいは、買いものに出ていった舟元が、鍵を忘れたため入れないのだろうか。オートロックだったっけ、と考える。

山吹は立ち上がって、廊下を進み、玄関のドアまで来た。レンズがあったので覗いてみると、二人の女性が立っているのが見えた。もちろん、知らない顔である。彼はドアを開けることにする。

「こんにちは」二人のうち背の低い方が笑顔で話しかけてくる。茶色のショートヘア。

短いスカートを穿《は》いていた。「すみません。六階の部屋の鍵を開けてほしいんですけど」

「は？　あの……」彼女が言った意味が、山吹にはわからない。いろいろ頭の中で思考が駆け巡る。「えっと、あの、僕、ここの人じゃないから」

「私たちも、ここの人じゃないんですけどぉ、とにかく、友達と約束していて、そいつが町田っていうんですよ。で、きっと約束忘れちゃってるんじゃないかって……」

「あ、あのね、ちょっと」山吹は片手を広げるが、そこで息が漏れてしまう。

「まえに一度、開けてくれましたよね」もう一人の女が言った。色白で髪が長く、そちらは細いジーンズだった。「町田君が、鍵をなくしてしまったときです。ほら、あったじゃないですか」

「えっと、僕ね、そのぉ、ここにたった今来たとこで、ここ、僕の友達の家なんですよ」山吹は話す。「何かの間違いじゃないですか？」

「いえいえ、真下でしょう？」長髪の彼女が言う。

「真下？」

「ええ、町田君のとこ、この真上だから」

どうやら、管理人と間違えているらしい、と想像できた。六階の友達の部屋へ入るために合い鍵が欲しい、という主張のようだ。

「それ、僕じゃなかったでしょう？　覚えていませんか？」

「うーん、そういえば、ちょっと違うような気もするけど」長髪の彼女は、もう一人の顔を見る。「どうする？」

「鍵は開けられませんか？」最初の彼女が言った。真っ直ぐに山吹を睨みつけている。攻撃的な視線だ。

「ここの住人、今、出かけたとこなんですよ。すぐ戻ってくると思います。でも、彼も、ここへ引っ越したばかりみたいですから、たぶん、わからないんじゃないかな。まえは、ここに管理人がいたんですか？」

「そうなんです」長髪の彼女が大きく頷いた。管理人という言葉で、ようやく意味が通じたという表情である。「そう、管理人さんです。ここにいるはずです」

「いや、だけど、彼は……。えっと、舟元っていうんだけど……」ドアの前に、表札はあったはずだ。「そいつは、少なくとも管理人じゃないと思いますよ。あ、ちょっと待って、電話できいてみるから」

「はい、お願いします」

「ちょっと、ごめん、待っててもらえます？」山吹はそう断って、ドアを一度閉めた。

携帯電話はソファの近くのテーブルに置いたままだった。彼はリビングへ戻って電話を手に取る。舟元のナンバをコールする。彼が携帯を持って出かけたことを祈った。

「はいはい」すぐに舟元が出る。「何？　なんか欲しいもの、思いついた？」

「いや、違う違う。今ね、女の子が二人訪ねてきてさ」

「嘘？　誰？　女？」

「うん、その六〇一へ来たけど、友達がいなくて、鍵を開けてほしいって言うんだ」

「鍵？」

「ここの管理人が、まえは五〇一にいたって」

「ああ、ああ……」舟元が吐いた息で、がさがさと音がした。「そうそう、そうなんだ。俺が、管理人なんだ」

「え？　どういうこと？」

「臨時の管理人なの。知らんけど。えっとなあ、台所のコンロの左に引出があるだろう？」

「何、突然言うなよ。引出？」山吹はそちらへ歩く。「ああ、これかな……。どの引出？」

「一番上の引出を開けたら、鍵の束があるから」

山吹は引出を開けた。

「ああ、あるね」

「そいつで、開けてやって」

「どの鍵？　いっぱいあるじゃん」

「そんなこと、俺だって知らないよ。開けたことないから。どれかで開くんじゃないか？」

「ていうか、勝手に開けて良いものか？」山吹は言う。「どういうときには開けて良いのかって、聞いてるだろう？」

「いや、聞いてない。ただ、預かっているだけだ。まえの管理人がいなくなって、それでその部屋が空いたんだ。今後、どうするのかは、大家と不動産屋が考えているって」

「ふうん」山吹は溜息をつく。「良いのかなあ」

「でも、俺のとこが管理人だって、知っているってことは、身元はしっかりしてるってことだよ。どこにも、公開されてない情報だから」

「ああ、なるほどね」

「どんな女？　可愛い？」

「二人だよ。六〇一の住人、舟元の知り合い？」

「いや、全然」

「あと、どれくらいで帰ってこられる？」

「あ、それがな、ちょっと遠くの安売りの店まで足を伸ばしたもんだから、実はまだ着いてないんだ」

「え？　どこまで行ってるんだよ、まったく」

「まあ、ゆっくりしていってくれ。冷蔵庫の中のもの、何でも好きなものを飲んで良いよ」

電話を切った。手の届くところに冷蔵庫があったので、山吹はドアを開ける。扉の内側に半分ほど残ったウーロン茶のペットボトルが一本。飲めるものは、それくらいしかなかった。

鍵束を手にして、山吹は再び玄関へ戻る。ドアを開けると、二人の女が待っていた。

「鍵、ありました」山吹は靴を履きながら言った。

「ほらぁ」長髪の女が口を尖《とが》らせて呟《つぶや》いた。まるで、山吹に落ち度があったかのようだ。

「えっと、でも、人の部屋なので、開けて良いものかどうか、僕には判断できませんが、なにか身元がわかるものをお持ちですか？」

「ミモト？　何、ミモトって」小さい方の女が言う。

「身分証明書とか、免許証とかです」

「あ、私、学生証持ってる」長髪の彼女が言った。バッグを開けて中を探し始める。

「私は、戸川っていいます」小さい彼女が怒った顔で言う。「でも、えっと、そういう貴方は誰なんですか？」

「だから、僕は、ここに住んでいる舟元君の友達です。名前は山吹です」

「貴方だって代理なんだから、固いこと言わないで、とにかく開けてくれない？　町田の奴、そのうち帰ってくるし、絶対に文句は言わせないから」

「はい、これ」長髪の方が、カード入れを差し出した。

山吹はそれを見る。N芸大の白金瑞穂。生年月日によれば、山吹よりも一年若い。なんだ、歳下か、と彼は思った。二人とも化粧が濃いし、もっと年上の印象だった。しかし、だいたい女性を見るとその方向に見積る傾向が山吹にはある。

「わかりました。じゃあ、行きましょう」山吹は頷いた。

3

六〇一号室のドアは、山吹早月によって開けられた。キーには、それぞれの部屋の番号が書かれた小さな札が付いていたので、束の中から見つけ出すのに時間はかからなかった。普通のキーよりも少し大きい電子錠と呼ばれるタイプのものである。小さな磁石が幾つも埋め込まれていて、そのNSの組み合わせでロックを外《はず》す仕組みになっているらしい。それは、以前に町田が説明してくれたことで、戸川優はそれをよく覚えていた。

ドアを開けると同時に、通路に箱が飛び出してきた。

山吹はびっくりして飛び退《との》いた。

しかし、重そうな箱ではない。空き箱である。ダンボール箱や、電化製品が入っていた箱、全部で五、六個あった。

玄関の内側で、戸口に立てかけてあったものが、ドアが開いた拍子に崩れて、外へ倒れてきたのである。

「これ、ゴミですよね?」山吹はそう言いながら箱をドアの外に出し、壁際に並べる。その間、白金がドアを手で支えていた。

玄関の中へ一歩入ると、シンナの匂いが微かにした。これは、いつものことだ。この匂いが町田の体臭といっても良いくらいだ。

戸口からは、奥の部屋で照明が動いているのが見えた。赤や緑のライトが回っている。

「あれ、いるんじゃないの?」山吹が呟いた。

「どうかな」戸川は、靴を脱いで廊下を奥へ進む。「あれは、いつも回っているから」

「じゃあ、僕、これで」山吹が言う。

「どうもありがとう」平坦なアクセントで白金が応える。顔はまったくの無表情。お礼の気持ちは微塵《みじん》も籠もっていないようだ。彼女も廊下に上がってスリッパを履いた。

「もしかして、寝てるかも」

「だったら、襲ってやろう。痛めつけてやろう」戸川は言う。

「おお！」白金が高い声で笑った。

ドアが閉まり、山吹が見えなくなる。

二人はリビングに入った。戸川がさきで、すぐあとに白金が続いた。シンナの匂いは一段と強くなった。

壁や天井を光が走っている。黄色や赤や緑の回転灯が動いているためだ。カーテンが引かれていたので、その運動がより鮮明に見えた。カールした色とりどりのテープが、方々に伸びている。まるで、大きなクラッカを何発も爆発させたみたいな、あるいは、特大のくす玉が頭上から落ちてきた跡のような惨状である。床には、小さな人形が無数に立っている。戸口の二人は、それらを倒さずにはもう一歩も前に進めない状況だった。

ペンキを飛ばした壁の跡は、以前からあるものだ。スプレィを使った落書きも新しくはない。針金細工が天蚕糸《てぐす》でぶら下げられている。これも町田が以前に作ったデコレーション。彼が「アート」と呼んでいたものに属する。したがって、戸川も白金も、部屋の状況が、ごく普通の平均的なリビングルームと異なっていることには驚かなかった。

前方三メートルほどのところにあるものに、二人の視線は止まっている。リビングの中央に、黒い大きなものが立ちはだかっていた。否、立っているのではない、床からは離れて、浮かんでいる。天井からぶら下がっているのだ。

「何？」白金の口から言葉が漏れる。か細い声。眉を寄せた。

「町田君、何してるの？」戸川の声は大きかった。「ちょっと、もう、やめてほしいなあ！」

戸川は床に立っている人形を蹴散らして前進した。しかし、それの手前で、彼女は立ち止まる。急停止に近かった。

背筋を伸ばし、仰ぎ見る。

凝視するように。

次に、振り返る。

白金はまだ戸口にいた。彼女は目を細める。

「大丈夫？」白金はきいた。

戸川は再び目の前にあるものに視線を戻す。

町田弘司《ひろし》であることは間違いない。両手を斜め上に伸ばしている。脚は真っ直ぐ下に。アルファベットのYの形だ。その形のまま、宙に浮いているのである。足が床から二十センチほどの高さにある。台に乗っているのではない。両手は、何かを摑んでいるわけではなかったが、手首にロープが巻き付いているのが見えた。手の色が不自然だった。そのロープが、天井の両側へ届いていた。しかし、天井からは沢山のオブジェがぶら下がっているため、よくはわからない。

正直なところ、戸川は、これを綺麗だと思った。

「ね、ねえ、何？　どういうこと？」後ろの白金が上擦《うわず》った声できいた。

「わかんないよ、私だって」戸川は答える。

「何のつもり？」

「知らない」

「大丈夫なの？　え？　ちょっと、もしかして、変じゃない？」

「知らないって！」

「町田君？　やめてくれない？　ねえ、お願い、変だよ、こんなの」

戸川は、そっと町田の躰に手を伸ばした。上半身は赤く染まっている。肩のところから大きな翼が垂れ下がって、それが胸を半分隠していた。もう片方の翼は折れ曲がって、背後に垂れている。

伸ばした彼女の手。その指先に、赤い液体が付着する。

「ペンキ？」白金がきく。

戸川は答えない。

息が漏れる。

「何してるの？　ねえ」

「煩《うるさ》い、黙ってな！」戸川は振り返って、白金を睨みつけた。

「だって！　これって」

「煩いんだよ！」

「変だよぉ！　何してるの？　二人で私を驚かすつもり？」

「違う」戸川は首をふった。「こっちこそ、それが言いたい」

「なんで？　どうして、私がこんなことするわけ？」

「でも、これ、ペンキじゃない」戸川は自分の指を白金の方へ突き出した。「見てごらん」

「嫌だ」

「こっちへ来なよ」

「行かない」白金は首をふる。

「町田君のこと、嫌い？」

「なんで？」

「死んでるんだよ」戸川は言った。

「嘘！」

「絶対そう。死んでる。血がこんなに流れてるもん。もう駄目だよ」

「えっと……、病院へ行く？　あ、救急車呼ぼうか？」

「死んでるんだよ」戸川は言った。声が泣き声になった。

「嘘だ。どうしてそんなこと、わかる？」

「こっちへ来い！　自分で触ってみろよ」

「嫌だ。変だよ、これ」白金がヒステリックに叫ぶ。「待ってよ、マジ？　なんで？　誰がこんなことしたの？　嘘だよ。こんなの。まだ生きてるかもしれないじゃん。ちょっと早く、救急車を呼ぼうよぅ」

戸川は、町田の胸の前の翼に触れる。

見上げると、目を瞑《つむ》った彼の顔、青白い顔が、あった。

睫毛《まつげ》が長い。

綺麗だ。

翼を横へどける。

彼の胸。

何かが突き出ている。

赤い液体が、べっとりと。

そう、ナイフを……。

「何、それ、銀色のナイフ？」白金が言った。「それで？　それで、そんなに血が？」

ナイフを……。

戸川は手を伸ばす。

その柄を摑む。

しっかりと……。

「駄目だよ！　何してるの？」白金が高い声で叫ぶ。「抜いちゃ駄目だよ。きっと死んじゃうよ」

「可哀相だろ、このままじゃあ」戸川は言った。

戸川はナイフを持った手に、そして腕に、力を入れる。

一気に……。

「やめて！」白金が悲鳴を上げる。「お願い！」

顔に暖かいものが。

血が噴き出した。

戸川は、ナイフを離す。

僅かな付着感を残して、床にそれが落ちた。

自分の手を見る。

ねっとりと、赤い血が。

彼女は、町田の躰に抱きついた。

「やめて！　何をしているの？」

戸川は彼の躰に顔をつける。胸よりも下。腹の高さだった。

自分の顔が真っ赤になるだろう、と想像できた。

きっと綺麗だろう、と思う。

白金が近くへやってきた。

戸川のすぐ横に立って、彼女を睨んでいる。

「何のつもり？」白金は言った。「やめなさいって言っているでしょう。そんなことをして……」

「貴女に、できる？」戸川は言った。自分の顔は笑っている。それがわかる。落ち着いている。不思議に、落ち着いていられる。

気持ちが良いくらい。

頬はもう町田の躰から離れていた。

「駄目だよ、そんなことしちゃ」白金が泣きそうな声で言った。「そんなこと……、変だよ」

「私、彼のことを愛していた」戸川は言った。「私もここで死のうかしら」

「お願い、やめて」白金は眉を寄せた。「誰か呼ばなくちゃ。しっかりして」

「しっかりしてるよぉ」戸川は微笑んだ。「取り乱してるのは、あんたじゃん」

「うん」白金は頷く。「だって、これって、自殺じゃないし」

自殺じゃない、という言葉が、頭の中でぐるぐると回った。

「え？」

「だからさ、町田君、これを自分で胸に刺して死んだんじゃないってこと」

「なんで？」戸川はきいた。

「だって、それじゃあ、ロープにぶら下がれないでしょう？　さきにぶら下がったら、ナイフで刺せないし」

「でも、鍵がかかってたじゃん」

白金は振り返って、玄関の方を見た。

「自殺じゃなかったら、何だって言うの？」戸川はきく。

「わからない。でも、誰かが、やったのかも」

「誰かって？」

「わからないよ。警察を呼ばなくちゃ」白金が言う。「どうすれば良い？　電話をかける？　えっと、何番だっけ？」

チャイムが鳴った。

白金は飛び上がるほどびっくりしたようだ。

戸川も息を止めた。

「誰だろう？」白金が小声できく。

「あんた、出て」

「え、なんで私が？」

「馬鹿、私、こんなふうなんだよ」戸川は真っ赤な両手を見せる。「出られないよ。電話もかけられないよ。携帯新しいやつだし」

「洗えばいいじゃん」

またチャイムが鳴った。

戸川は溜息をつく。自分の鼓動に気づく。

大きく、そして速く、自分の心臓が動いていた。

町田の心臓は止まっているだろうか。

もう一度、彼の躰を見る。

胸の血を見た。

痛みに歪《ゆが》んだ顔が、彼女を見下ろしている。

可哀相。

でも、綺麗だった。

4

山吹早月の部屋は鉄骨造の古いアパートの二階にある。アパートの名称は大川荘という。家主が大川という名前だということは容易に想像できるところだが、実はそうではなく、この近辺一帯がかつては大川村、今は大川町と呼ばれている土地のためだった。あまりにも順当なので拍子抜けするし、またそういう命名法では、同じ名の建物が増えてしまい、いずれ破綻《はたん》するのではないか、という不安を抱かなかったのか、と加部谷恵美は五秒ほど想像した。

彼女は乗ってきた自転車をアパートの入口付近に停《と》め、チェーンをタイヤにかけた。それから階段を上る。ここへ来るのは二度目だ。ほんの少しだけ緊張していた。心地良い部類の緊張である。ドアの前に立って、ノックをした。インターフォンはない。

しばらく静かに待った。

近所で遊んでいる子供たちの声が聞こえてくる。夕方の風が涼しくてとても爽《さわ》やかだった。なんだかうきうきする。何故だろう。理由はよくわからないけれど、たぶん単なる「予感」だと思える。

ドアが開いた。

顔を出したのは、海月及介である。思ったとおり。

「こんにちは」加部谷は軽く頭を下げる。

海月は頷いた。といっても五ミリ程度しか顔の上下動はなかっただろう。

「えっとぉ、山吹さんから聞いてない？」彼女は明るい口調で話しかける。もちろん、聞いていないだろう。伝達する手段がないのだから。

「いや」海月の顔が五ミリほど横に動いたような気がする。

彼は身を引いた。ドアはそれ以前に加部谷の左手が支持していた。

「今夜、ここでね、ビデオを録ることになったの」そう言いながら、加部谷は玄関の中に入る。

海月はさらに下がった。まるで、加部谷が接近することを恐れているような気配だ。

「いえ、ビデオ録るっていうのは、そのぉ、私がだよ。海月君にお願いするわけじゃないんだから、全然気にしないで。とにかく、上がらせてもらいます」

入ったそこが、もう部屋である。すべて見渡せた。戸口のすぐ横にドアがあって、そこがバスルームのようである。対面はベランダのガラス戸。洗濯物が干したままだった。

「いい匂い。何作っているの？」

左手に台所があって、コンロに鍋がのっていた。小さな青い火がついている。

「カレー」海月が答えた。

「うわぁ、そんなことできるんだぁ。まあ、驚くようなことでもないか。いかにも作れそうだもんね、見かけによる。私の分もある？」

「え？」

「お腹がもうすぐ空《す》きそうな感じ」

海月は小さく頷いた。しかし、イエスの意味なのか、それとも、単に質問の意味がわかったという意思表示なのか不明確である。

「ある？」彼女は念を押す。

海月は無言でもう一度頷いた。

「やっりぃ！」加部谷は指を鳴らした。

海月は既に部屋の壁際に座っている。今までそこで本を読んでいたようだ。すぐに視線を落とし、読書を再開する。彼女にはまるで興味がない、ということを強く主張している態度である。

「それにしても、綺麗な部屋」彼女は部屋の中央に立って、ぐるりと周囲を観察した。「整理整頓、掃除が行き届いているって感じ。良いなぁ、こういうことができる人って、尊敬するねぇ」

そこで数秒間沈黙。

海月は会話をするつもりはないらしい。加部谷はコンロの鍋を見にいく。蓋を開けたかったが、いかにも下品だし、海月に叱られそうな気がしたので思い留まった。彼女はバッグから携帯電話を取り出す。自宅へ電話をかけることにする。

「あ、お母さん？　私……、うん。えっとね、今日、ご飯いらないから。そう、ちょっと遅くなるし……。ん？　違うよ。ううん、違う違う、西之園さんと一緒だから……。そう、そうそう。大丈夫。じゃあねぇ」

電話を仕舞う。ちらりと、海月を窺うが、彼はこちらを見なかった。

「何読んでるの？」きいてみる。

「本」海月は答えた。

加部谷は諦めて、自分のために時間を使おうと思い直す。等身大の人形が壁にもたれかかっている、と考えれば良い。テレビの前に座り込み、ラックの中のファイルキャビネットを探す。ビデオデッキのマニュアルはすぐに見つかった。

「西之園さん、来るの？」突然、海月が口をきいた。

「え？」加部谷はマニュアルから顔を上げて、彼を見る。「あ、違うよ。来ない来ない。あれは、嘘」

海月は一秒間だけ彼女を見つめていたが、黙って下を向いた。

やりにくい人格である。

一年生のときからだから、もう長いつき合いになる。最初は、シャイな男だけれど、親しくなればそのうち打ち解けるのだろうと考えた。だが、全然変わらない。ずっと打ち解けないまま。ようするに、この男は、これがデフォルトなのだ、とわかったのが一年後くらいのこと。

西之園というのは、N大のドクタ・コースに在籍している女性である。加部谷が中学のときからの知り合いで、現在、西之園は加部谷たちが在籍するC大の国枝《くにえだ》研究室にいる。研究施設の都合なのか、理由はよくわからないが、何故か毎日いるのだ。そして、その研究室の大学院生の一人が山吹早月で、彼の親友が、この海月及介なのである。知り合いの中でも、海月が一番、一緒にいるのが難しい人格だ。クラスでも、彼と友人になろうとチャレンジする人間はもういない。それどころか、海月に何かを伝える必要があるときには、わざわざ彼女に言いにくる奴がいるほどだ。つまり、加部谷を通じて海月にものを伝えようとするのである。これは、知らないうちに彼女が海月とは一番親しいという認識が広まっていることを示している。最近それに気づいて加部谷は非常に驚いた。周囲からそんなふうに見られているなんて思ってもいなかったからだ。たまたま、西之園、そして山吹を通じて、海月と行動をともにしたり、話しかけたりする機会があっただけなのに。いささか心外である。

ちらりと、すぐ横に座っている海月を見る。ほとんど動かない。じっと本を読んでいた。ページを捲《めく》る指以外は動かない。瞬《まばた》きもしないのではないか、と思えるくらいだった。

5

白金瑞穂は、ドアを開けるまえに唾《つば》を飲み込んだ。レンズから覗いたところ、外に立っているのは宅配便の男だとわかった。しかし、心臓はどこまでも膨《ふく》らもうとしているかのように、彼女の躰を揺すった。どうしてこんなに動揺しているか、自分でもよくわからない。

「とにかく、出て」リビングで戸川が言った。いつもの命令口調である。自分は血まみれになっているから出られないという理屈のようだが、しかし、血を見せた方が話が早いのではないか、と白金には思えた。この状況を言葉で説明することの方がずっと難しいはず。

ドアの外に、水色の制服の若い男が立っていた。大きな封筒を持っている。足許にも段ボールの箱があった。

「あ、こんにちは。どうも、町田さんですね？　よろしくお願いします」

「えっと、あの……」

「印鑑をお願いできますか」

「私、あのぉ、町田君の友達です」

「けっこうですよ。じゃあ、ここへサインをお願いします」

男がサインペンを差し出し、持っていた封筒の上で、サインをするように促す。白金はペンを受け取った。自分の手が震えていることに気づく。字なんか書けるだろうか。

男の顔を見ることもできなかった。自分の指の形、指の先、爪の形が気になった。漢字を二文字。変な形の字。こんなふうだったか、と不思議に思いながら書いた。

「これで、いいですか？」

「はい、どうも、ありがとうございます」

封筒を受け取る。ドアが閉まる。終わった。溜息をつく。

「駄目じゃん。言わなきゃ！」後ろで戸川が叫んだ。「何してんの？」

「だって……」封筒を胸に抱えたまま白金はドアを見る。もう通路は見えない。

「早く！　まだいるかもしれない」戸川が玄関まで出てきた。白金と入れ替わり、赤い手で戸川はドアノブを摑んだ。

もうそのドアには触れない、と白金は思う。

「すみません！」ドアを開けて、外へ向かって戸川が叫ぶ。「誰かぁ、来て下さい！」

エレベータの前に、宅配便の男がまだ立っていた。荷物を一つ抱えている。彼はこちらを向き、戸川を見て、目を見開いた。

男は近づいてきた。途中で荷物を下ろす。じっと、戸川の顔を見る。

「大丈夫ですか？」彼はきいた。

「私は大丈夫です。私の血じゃないから」

「どうしたんです？」

「友達が死んでいるんです。警察を呼んでもらえませんか」

「あ、はい……、わかった。ええ……」男は慌ててポケットに手を突っ込み、携帯電話を取り出した。

「白金、外に出な」戸川はドアの中を見て言う。

「どうして？」白金は靴を履こうとしていた。

「もう、中にいない方がいいって」戸川は説明する。

「どうして？」

「わかんないけど、とにかく、そうなんじゃない？　そうですよね？」戸川は宅配の男に尋ねた。

彼は電話で話をしている。警察に通じたようだ。膝を折って床に置いた箱に顔を近づけ、伝票の住所を読み上げていた。

「そうだ、管理人を呼んでこよう」戸川は白金に言う。「あんた、ここで見張っているんだよ。誰も入れないように」

「ええ、どうして？　何を見張っているの？」

「いいから、警察が来るまでここにいな」戸川はそう言うと、階段の方へ歩きだした。

ちょうど、エレベータが上がってきて、ドアが開いたところだったけれど、彼女はそれには乗らず、階段を駆け下りた。その方が早い、と思ったからだ。

五〇一のドアの前で、自分の手をもう一度見た。もちろん、血で汚れている。しかたがない。インターフォンを右手の人差し指で押した。

長い時間が流れたように感じられた。ドアが開いて、目の前に出現したのは、さきほどと同じ顔。山吹という男だ。彼は、彼女を見るなり、何度か瞬いた。しかし、それほど表情は変わらない。むしろ固まってしまった感じだった。

「すみません」彼女がさきに話した。「上で、友達が死んでいたんです」

「どうしたの？　その血？　怪我？」

「いえ、私は大丈夫」

「死んでいるって、誰が？」

「町田君。上の部屋の」

「どうして？　何があったの？」

「わからない。とにかく、上へ来て下さい。警察への連絡は、もうしてもらっています」

「自殺？　事故？」

「うーん、わからない」戸川は首を横にふった。髪が頬に当たる。髪にも血が付いている。頬もまだ濡れている。

「わかった」山吹は靴を履こうとしている。

「そうか、私、手と顔を洗わせてもらえませんか？」

「あ、いいよ」

「上の部屋で洗ったら、きっと駄目だと思うから」

「そうだね、警察が来るまで、できるだけ何も触らない方が良いって言うね」

「でも、私、ナイフにも触ったし、町田君にも触ったし」戸川は、そう言いながら泣き声になった。

「大丈夫？」

「白金さんの方が、ショックみたい」

「ああ、彼女、上にいるの？」

山吹がドアを大きく開けて、彼女を招き入れる。彼はもう一度靴を脱いで、バスルームのドアを開けてくれた。戸川は鏡の前に立つ。そこで初めて自分の顔を見た。彼女は下を向き、泣きだした。

「大丈夫？」山吹がきく。

戸川は頷く。

彼が蛇口を捻《ひね》ってくれた。

流れ出た水に、自分の両手を差し出す。

涙が頬を伝って、渦の中に落ちていく。

息を吸うと、躰が震えた。自分は泣いているのだ。

後ろに、まだ気配がする。振り返ると、山吹が廊下に立っていた。

「私なら大丈夫です」彼女は言う。「すぐ上に戻ります」

「そうだね、とにかく、見てくるよ」

山吹は靴を履き、玄関から出ていった。

赤の他人の部屋のバスルームに上がり込んでいる自分を、戸川は自覚する。顔にもう一度水をかけてから、鏡を見た。まだ、血は残っている。なかなか取れないものだ。きっと、一生、皮膚の皺《しわ》の奥に、細胞の間に、残っているにちがいない、と彼女は思った。

6

山吹は階段を駆け上がって六階へ向かった。エレベータ前に、青い制服の男と、白金瑞穂がいた。彼女の方は壁に背中をつけて、膝を折って座り込んでいる。

「ああ、どうも」宅配便の男が頭を下げる。「えっと?」

「彼女が呼びにきたから、上がってきたんですけど、僕は、この部屋の下の住人の友達です」口にしただけで複雑だと思った。

「戸川、どうしたの?」白金が顔を上げてきいた。額にかかった髪を片手で払う。目を真っ赤にしていた。

「すぐ来ると思う」山吹は説明する。「警察は呼びました?」

「ええ」小さく振動するように男が頷いた。「まいっちゃったなあ。俺、どうすればいいんでしょう。ここにずっといないと駄目ですかね」

「たぶん、そうでしょうね」山吹は答える。しかし自信はなかった。こういう状況に遭遇した経験はない。「あの、中は見ました?」

「いえいえ」宅配便の男はとんでもないという顔で首をふった。

「見た方が良くないですか?」山吹は言う。自分で口にしてから、少しだけ後悔したが。

「え、どうしてです？」目を大きくして男はきき返した。

「いや、だって……」山吹は、白金の方へ視線を移す。

彼女自身、確固たる判断がつかなかった。特に、自分はまったく無関係な人間だ。管理人でもなんでもない。しかし、この部屋の鍵を開けた責任はある。そう、余計なことをしてしまった。とにかく、何があったのか、自分で確かめるべきではないか、という思考は当然あった。しかし一方では、彼女たちの言葉から、あるいは、血まみれになっていた戸川の様子からも、部屋の中へは足を踏み入れたくない、面倒なこと、少しでも危険がありそうなことには近づきたくない、という判断も働く。

「本当に死んでいた？」山吹は白金に尋ねた。「まだ生きているかもしれないよ」

「わからない」白金が下を向いたまま首をふった。

「もし生きているなら、できることがあるかもしれないし」山吹は言う。言葉にしながら思いついた意見だった。なんとなく、それが正義に感じられてくる。

「そうか」宅配便の男も頷いた。「だけど、救急車がすぐに来ますよ。そう言っていました」

「二人で中を見ましょう」山吹は言う。

「え？　俺もですか？」男は顔をしかめた。「いやあ、ちょっと、それは……」

「僕が一人で入ったら、あとで、僕が疑われたりするから」これも、たった今思いついたことだった。何を疑われるんだ？　と自分でも不思議に感じる。

えっと……、これって殺人事件なのか？

山吹は自問した。

階段の方から足音が聞こえ、戸川が上がってきた。髪が濡れている。洋服に付着した血は完全には落ちていなかったが、顔と手は、綺麗になっていた。

「ちょっと待って下さいね、これって、なにか事件なんですか？」宅配便の男がきいた。「会社に連絡していいかなぁ」

山吹は前に進み出て、六〇一号室のドアを開ける。いつもよりも扉が重く感じられた。萎縮《いしゅく》しているせいだろうか。

シンナの匂いがした。玄関に幾つか靴がある。奥で動いているライトは、さきほどと同じ。彼は振り返って、宅配の男と、そして戸川を見た。

「私が行きましょうか？」戸川が前に進み出る。

「戸を開けたままにしておいて下さい」山吹は宅配の男に頼んだ。

彼は頷いて一歩前に出る。そのくらいの役割ならば、という顔で、戸を支えるために腕を伸ばした。

山吹は靴を脱いで、廊下を奥へ進んだ。

すぐ後ろを戸川がついてくる。リビングの入口まで来た。室内をほぼ見渡せる位置だ。

Yの形で浮いている町田という男の全身を見ることができた。他にも細々《こまごま》とした特異なものが無数にあったけれど、その中心に存在する異様さに比べれば無視できる。

ふっと息が漏れて、山吹は溜息をついた。それまで無意識のうちに息を止めていたようだ。

「酷いなあ」彼は呟いた。「下ろしてあげた方が良いかな?」

町田は手首を縛られて、それで宙に吊られている。手首から先は変色している。人間の肌の色には見えなかった。しかしそれでも、赤黒く汚れた彼の胸のおぞましさに比べれば、まだまだ普通といえる。床にも血は零《こぼ》れ、今も流れているのではないかと思えるほど艶《つや》やかだった。ペンキのようだ。そして、ナイフ……。

床一面には、小さなフィギュアが沢山散らかっている。それらをあまり動かさない方が良いだろう。なんとなくそう感じた。

明らかなことは、これが事故や自殺ではない、ということだった。被害者が自分で胸にナイフを突き立てることは不可能だ。彼の両手は、ロープで固定されている。躰が宙吊りになっているのだ。

どうすれば、彼の躰を下ろすことができるだろう、と山吹は考えた。天井近くでロープがどのように固定されているか、見上げて調べる。壁と天井の境の辺りに、幾つかの金物が光っていた。金色のリングのようなもの。おそらく、先は木ネジになっているのだろう。手首からは、何本ものロープが伸び、その金物に結ばれていた。そうやって力を分散させているようだ。

山吹は、建築学専攻の学生である。構造力学の知識から、どれくらいの張力がロープに作用するかを、概算することができた。台のようなものに乗って、ロープをすべてハサミかナイフを使って切れば、被害者の躰を床に下ろすことができる。それをすべきかどうか、彼は迷った。もう完全に死んでいるのならば無意味だ。まだ生きているならば、下ろした方が良いだろうか。あるいは、動かさない方が良いだろうか。いずれにしても、静かに下ろすことは、一人では無理である。

それにしても、どうやって、こんな状況を作り上げたのだろう?

一人の人間では不可能だ。

部屋には、奥に低いテーブルがあった。ソファも見えた。それ以外には、役に立ちそうな家具や道具はない。天井近くに金具を取り付ける作業には、高いところまで上がれるステップが必要だろう。

ベランダへ出るガラス戸が部屋の奥にあった。そこはカーテンが引かれている。カーテンには血が付着していた。山吹はそちらへ歩く。ぶら下がっている男のすぐ横を通らなければならなかった。床に散乱しているものに気をつけて、なるべく動かさないように進んだので、まるで子供のときに遊んだゲームのように、ときどき不自然な体勢が要求された。

カーテンの血のあとは、血のついた手で触ったもののように見えた。そのカーテンの横から覗くと、ガラス戸に鍵がかかっているのがわかった。ベランダも見える。何もない。白いダンボール箱が置かれている。クーラの室外機が端にある。それだけだった。

「何をしているの?」リビングの戸口に立っている戸川がきいた。彼女は、怒ったような顔で山吹を真っ直ぐに見据えている。首を傾げ、不思議そうな顔にも見えた。

「カーテンに血がついている」

「私が触ったの」戸川は答える。「外を見ようとして。ねえ、彼のこと、調べないの?」

「僕が見たってわからないよ」山吹は部屋を戻りながら話した。「脈はないみたいだ」

「触らなくてもわかる?」

「君は触ったんだろう?」

戸川は目を見開いた。そして、二秒ほど遅れて頷く。

「死んでいると思う」彼女は下を向いて言った。それから、溜息をつき、被害者の方を見上げて眉を寄せた。

山吹も呼吸を整え、もう一度それを見る。

名前は町田、というらしい。おそらく自分と同じくらいの年齢だろう。痩せた色白の男だ。髪は長い。顔は眠っているようだが、静かな寝顔には見えない。口は歪み、少しだけ開いている。歯が見えた。項垂《うなだ》れるように斜め下を向いている。

作りものの翼が左にだけ残っていたが、それも途中で折れている。もう一方の翼は床に落ちていた。

翼の意味は何だろう？

天使か？

どうして、こんな格好をしているのか。

町田は、半袖の白いシャツを着ているが、それはもうほとんど血に滲《にじ》んでいた。ボタンは一つもかかっていない。胸と腹の皮膚が剝き出しだった。白いスラックスも半分は赤い。ベルトはしていないようだった。足は裸足《はだし》、靴下は履いていない。その足にも血が伝い、その下の床に赤く広がっていた。

この部屋の横にもう一部屋あった。つまり、この平面構成は、下の五〇一、舟元の部屋とまったく同じである。そちらの部屋は寝室で、リビングの中央から、その部屋の中が見渡せる。境にドアはなく、外されているようだった。窓際にベッドがあって、その上に衣服が散乱していた。もちろん、誰もいない。その部屋はベランダへは通じていない。このリビング以外に出入口はなかった。

五〇一もそうだが、室内へのアクセスは、もちろん玄関以外にはない。六階なので、窓からの出入りは不可能と思われる。ベランダに出られるのは、リビングのガラス戸からのみ。しかし、そのベランダに出ても、隣へ移ることはできない。これは、五〇一や六〇一という一番端の部屋が、階段スペースのため、他の部屋から離れているからだった。このあたりのことも、山吹は専門なので、すぐに想像ができた。

ようするに、ここから出るには、玄関を通る以外にない、ということである。もちろん、ベランダから出て、そこからロープなどを使えば、下りることは可能かもしれない。

しかし、ガラス戸には鍵がかかっていた。それは確かめた。

不思議である。

ようやく、山吹は、それに気づいた。

急に、気持ちが悪くなる。

それは、死んでいる人間や、血の惨状のせいではなかった。

この理不尽な状況が気持ち悪い。

最初、ここの鍵を開けたのは、自分なのだ。彼女たち二人が、これを全部やったとはとても考えられない。男を一人吊り上げるなんて、そんな時間はなかったはず。

では、他に誰かここにいたのだろうか？

そいつが、すべてをやった。つまり殺人者だ。

その場合、その人物に、彼女たち二人は会わなかったのか？

しかし、この場所で、そんなことを考えている自分に気づき、さらに気持ちが悪くなった。乗りものに酔ったときの感覚に類似している。

サイレンの音が小さく聞こえてきた。近づいているようだ。

山吹は出口の方へ歩く。足を運ぶ場所を慎重に選んだ。彼に促されるように、戸川も玄関の方へ退く。宅配の男がドアを開けて待っていた。

第2章　しだいに確固となる密室の境界条件について

なるほど物理法則に反した事態を空間的に描写することはできよう。
しかし、幾何法則に反した事態を空間的に描写することはできない。

1

ビデオの使い方については完璧に理解した。実際にテープを入れて予行演習もした。本番まではまだまだ時間がある。今はテレビも消し、部屋は静寂に包まれている。本当に静かだ。どうしてこんなに静かなんだろう……。

加部谷恵美は、キッチンに近いテーブルの椅子に腰掛け、両肘をつき、両手を顎《あご》に当て、腕で頭の重量を支える構造を試している。一方の海月及介は、ほぼ部屋の反対側の壁にもたれ、胡座《あぐら》をかいた姿勢で本を読んでいた。彼が静寂を製造していることは間違いない。彼一人のために部屋のあらゆるものが音を立てなくなったのだ、と加部谷には思えた。

彼女は目だけ動かして時計を探す。ビデオデッキのデジタル表示は角度的に無理だった。しかたがないので、顎と腕の構造を諦め、自分の携帯電話を手に取って見る。まだ七時。

「ねえ、お腹空かない？」彼女は口をきいた。

まったく同じ質問を数十分まえにしている。ご飯が炊きあがり、炊飯器が保温の表示になったからだ。そして、そのときの海月の返答は、「いや」だった。

なんだよ、「いや」っていうのは、と言い返したかったけれども、ぐっと我慢をした。カレーを作ったのは海月だし、それに、自分もそんなに空腹というわけではなかったからだ。

その状況は今も変わらない。しかし、こんな退屈な時間を過ごすよりは、カレーでも食べた方が良いのでは、とは思える。そんな消去法的動機で食事を始めなければならないことは、小さな不幸ではないか。自分の周囲には、しかし、小さな不幸がいつもある。空から降ってくるのかもしれない。小さな不幸を気にしていては、大きな幸せを見逃すことになる、というのが、彼女の考え方だった。

海月は黙っていたが、五秒ほどして、顔を上げて彼女の視線を受け止めた。

「カレー、いつ食べるの？」

「食べようか」海月は無表情で言う。

「うん、食べよう食べよう」加部谷は立ち上がる。「えっと……」

いつの間にか、すぐ横に海月がいた。立ち上がったり、歩いたりするときに音を立てない、という特徴が彼にはある。同じ部屋に海月がいて、ちょっと余所見《よそみ》をしている間に、彼が位置を移動することがあって、何度かびっくりした経験があった。だから、最近ではあまり驚かない。人が見ていない隙に超能力を使って瞬間移動しているのかもしれない。それくらいのことはやりそうな男なのである。

皿とスプーンを出して食事の準備をしようとしていた加部谷だったが、海月が音もなく彼女の前に進み出て、食器棚からグラスを、引き出しからスプーンを取り出し、手際良くテーブルに並べた。それから、皿を二枚出して、炊飯器の蓋を開ける。どの動きにも無駄がない。工場で働く産業ロボットみたいだ。加部谷は諦めて後退し、椅子に腰掛けた。たちまちカレーの匂いが立ち込め、彼女の前に食事の用意が調《ととの》った。

「サラダとか、作れば良かったね」加部谷はスプーンを手にして呟いた。

海月が視線をこちらへ向ける。じっと睨まれた。

「あ、いや、別にぃ、そんなに、その、食べたかったわけじゃないよ。うん、シンプルな方が良いかもね」

彼が食べ始めるのを待って、彼女も口をつける。熱かったが、味はわかる。なかなかに美味《おい》しい。どう言ったら良いだろう。美味しい、とだけ表現すると、当たり前のことしか言えない女だときっと思われるだろう。睨まれるだけだ。

「海月君、カレー好きなの？」

「嫌いなら、作らない」彼は即答する。

「そうか、そう、そうだよねぇ……」

馬鹿な質問して悪かったわね、ごめんよ、ホント、という言葉を飲み込む。

もともと、彼は一人でこれを食べるつもりだったのだ。しかし、他人の家に来て、たちまち料理をする、というのは普通じゃないな、と彼女は考える。おそらく、山吹と相当親しいのだ。こういう展開が過去にもあったのだろうか。そこまで考えて、少しにやけてしまった。海月がこちらを見ていないことを確かめ、小さく溜息をつく。

電話が鳴った。食事を中断して、彼女は席を立つ。携帯電話を開いた。相手は山吹だ。

「はいはい」

「あのね、凄いことになったんだ」山吹がいきなり話しだす。「僕ね、死体を見たよ」

「何の死体です？」

「人間だよ、人間の死体」そこで山吹は息を吐く。空気の摩擦音が大きく響いた。興奮しているようだ。「友達のところの真上の部屋でさ、人が殺されていたんだ。宙吊りで。宙吊りだよ、わかる？」

「わかりません。でも、凄そう。首を吊っていたんですか？」

「違うって。ナイフで胸を突かれてね、血がいっぱい。凄いよう。あ、写真撮っておけば良かったな」

「なんだ、撮ってないのぉ？」思わず声が高くなる加部谷である。

「うん、それどころじゃないんだよ。今もう警察が来てて、中に入れなくなってるけど、最初はね、僕が確かめたりして、密室だったしね、うん、そうそう、密室だよ、わかる？」

「もうちょっと、順を追って、きちんと説明して下さいよ」

「うんうん、でも、それどころじゃないんだよね。まだ飯も食えないし、刑事さんにいろいろきかれたりして、今、ちょっと休憩中なんだけれど、とにかくね、もうドラマだよね。凄いんだから」

声が弾んでいる。嬉しそうな印象だが、きっと興奮してハイになっているためだろう。

「殺人事件だっていうのは、確かなんですか？」

「そりゃそうだよ、胸をナイフで刺されたんだから。あとね、縛られて、宙吊りになっていたわけ、死体が」

「へえ。男の人ですか?」

「そうそう、若い……。N芸大の学生だって」

「山吹さんが見つけたの?」

「そうじゃなくてね、僕がその部屋の鍵を開けたんだよね。たまたまだけどさ、友達が管理人代理をしていて、合い鍵があったから。それで、頼まれて開けたら、中でもう死んでたってわけで」

「あ、だから、密室なんだ」

「そうそう、密室、密室。意味わかる?」

「わかりますよ」

「凄いだろう?」

「ええ、それはまあ……、でも、誰かが鍵を持っていたとか、窓から進入したとか、結局、そんなところじゃないですか? 不可能なことは、この世に起きないはずですから」

「冷静なこと言うね、君」

「ええ、その手のことになると」

「え?」

「何故か冷静さを取り戻すんです、私」

「ふうん……、それ、ギャグ？」

「もう少し、詳しく説明して下さい」

「とにかくさ、マンションの一室で、男が両手を縛られて宙吊りで刺し殺されていて、それを、訪ねてきた女友達二人が見つけたわけ。そのとき鍵を開けたのが僕でさ。だから、ドアが施錠されていたことは間違いないわけ。電子ロックっていう、普通の鍵よりもセキュリティが高いやつなんだ。で、あと、窓は内側から鍵がかかっているし、そもそも場所は六階なんだよね。窓から出入りするのは、かなり無理。室内には、もちろん誰も隠れていなかった。警察が現場に来るまで、ずっと複数の人間が見張っていたんだから」

「なるほど、なるほど、だいぶ状況がわかりました」

「海月に話してやって」

「え？　どうして？」

「あいつが何て言うか、聞きたいから」

「何も言わないと思いますけど」

「いつ死んだ？」既にカレーを一皿平らげた海月が突然口をきいた。

「わ？」びっくりして、加部谷は聞き直した。「あ、今の聞こえました？」

「聞こえたよ。えっとねぇ、いつかなぁ……。それはわからないけれど、でも、血はまだほとんど乾いていないみたいだったから、ほんの少しまえじゃないかな。何時間もまえってことはないと思うよ」

加部谷はそのとおり、海月に話す。

「あ、ごめんごめん、またあとで電話する。そっちもさ、ちゃんと相談しておいてね」

「え、どうしてですか?」

電話が切れた。

まるでクイズ番組に出演しているみたいだ。どうして、そんなことをこちらで考えなければならないのだろう。

しかし、面白い。

人ごととはいえ、俄然面白くなってきた。海月が黙って、こちらを見つめているので、彼女は、電話で聞いた情報を丁寧に説明した。聞こえたといっても音は小さい、部分的にしか聞こえなかったはずだ。

「あの、よく、こういうことって、あるわけ?」

「殺人事件が?」

「違う違う。えっとぉ、つまり、山吹さんが、海月君にこれ考えておいてねって頼むこと」

「いや」海月は横に一度だけ首をふった。

「じゃあさぁ、どうして、わざわざ電話してきたのかなぁ」

「こちらのことが気になった」海月が即答する。

「ああ、そうかぁ、なるほどねぇ」彼女は頷いた。「私と海月君の二人だけだから、どうなってるんだって、やきもきしたってこと？　そうかなぁ。かなり違うって感じだったよ。だってぇ、もの凄くハイになってたもの、山吹さん」

「電話をしなければ、という意識がさきにあった。そのときは、その心理だった、という意味。事件があって、予約された動作にゴーサインが出た」

「ゴーサイン？　ああ、意識の中でってこと？」

「そう」

「深いなあ」加部谷は感心する。「心理学的っていうか」

「カレーが冷める」顎を少し上げて、海月は言った。

「あ、そうか……」彼女は、再びスプーンを手にして、一口食べた。「自分がせっかく作ったものだから、私に美味しく食べてほしい、という心理でしょう？」

海月は無言で頷いた。

わりと素直なところがあるじゃないか、と彼女は思った。

「で、密室ってのについては、どう思う？」

「どうも」

「不思議じゃない？」

「見落としがあるだろう。考えるだけ無駄だ」

「でもさ、向こうでは、どこにその見落としがあるのか、わからないみたいだったし、当事者っていうのは、なんていうか、灯台もと暗しってので、気づかないことがあるんじゃない？　全然関係のない私たちが思いついたことを教えてあげたら、案外、あそうかってことになるかもよ」

「思いついたら？」海月は目を細めた。

加部谷はちょっとむっとなる。舌打ちしそうだったが、思い留まった。口を尖らせるに留める。

そうまで言われると、何か驚くべきアイデアを思いついてやりたくなる。彼女の中で意地の鉄塔が突貫工事でぐいぐいと立ち上がっていった。

2

六階の階段前のロビィは人でいっぱいになった。通路から顔を出して下を覗くと、駐車場にも人が沢山見える。警察の車は、駐車場の外、マンションの前、そして、表のメインストリートにまで溢れているようだった。時刻は七時を回り、辺りはすっかり暗くなっている。ファミリィレストランの看板が光りながら回っているのが、踊り場の窓から見えた。

　山吹は五階のロビィにいる。舟元も一緒だ。二人はまだなにも食べていない。舟元が戻ってきたのは警察がやってきたあとで、両手にいっぱい、食料と飲みものを運んできた。それらは一応冷蔵庫に入れられたものの、消費されていない。確かに、腹は空いているはず。しかし、そういった状況ではなかった。

　舟元の部屋を刑事が事情聴取に使っている。今は、戸川と白金が刑事二人と中で話をしているはずだ。ようするに、山吹と舟元は閉め出された格好である。何故かというと、舟元が、一応の管理人代理だったためだ。大家はすぐ近くに住んでいて、さきほど到着した。その大家が警察に聞かれて、舟元の部屋を使ってくれ、と言ったらしい。どういう契約だったかは知らないが、それは問題ではないか、というのが山吹の考えだった。だが、当の舟元はまったく気にしていない様子で、はいはいと部屋を明け渡してしまった。

　救急車がやってきて、既に被害者は搬出されている。死亡したのかどうか、正確なところはわかっていない。結果が聞こえてこないのは、まだ死んでいなかったということだろうか、と山吹たちは話し合った。

「そう簡単に死なんのとちがうか？」舟元が言う。煙草に火をつけて煙を吐いた。灰皿も、ちゃんと持って出てきたものだ。

「しかし、駄目だと思うなぁ」山吹は言う。なんとなく、そんな感じがした。

宅配便の男は名前を佐藤《さとう》という。彼もまだ残っていて、山吹たちのそばに立っていた。会社に電話をして、代わりの要員がさきほどやってきた。持っていた荷物もその彼が引き継いで配達しにいった。六階の別の部屋への荷物だった。それから、すぐ隣で荷物の集荷業務があったらしく、箱を抱えて出てくるところを見かけた。その男が佐藤に代わって車を運転し、業務を続行することになったわけである。

「厄介《やっかい》なことに引っ掛かっちゃったよなあ」と佐藤は顔をしかめている。方々へ電話をかけているようだったが、壁に足をついたり、階段を下りて踊り場へ行ったり、座ったり、背伸びをしたり、落ち着かない。一度、舟元の部屋のトイレを借りたくらいで、あとは、見えるところにずっといる。

その後わかった情報は、意外に少ない。

戸川優と白金瑞穂は、ともにN芸大の四年生で、被害者の町田弘司と同級生である。二人は、以前より町田と交友があり、彼の部屋へは頻繁に訪れていた。しかし、二人が揃ってここへ来たことはあまりない、という。山吹が観察した範囲では、彼女たち二人は親しい間柄ではない。むしろ、その反対に見えた。町田一人に女性が二人なので、そういう関係になりがちであることは理解ができるところだ。

彼女たちは、山吹が鍵を開けた部屋へ入っていった。その後、すぐに町田の惨状に気づいたはずだ。しかし、悲鳴を上げたり、すぐに部屋から飛び出して騒いだりはしなかった。この点が、山吹には多少不思議に思えた。そんなものだろうか。ボーイフレンドの死体がぶら下がっていたら、大声を出して人を呼びそうなものだが……。

しかしこれも、女性二人が一緒だった点が何か関係しているのかもしれない。その証拠といえるかどうか疑わしいが、戸川は、町田の胸に刺さっていたナイフを抜いたという。それで、彼を救おうとしたのだろうか。そうだとしたら、幼稚な判断だ。もちろん取り乱していただろう。だが、もしかしたら、白金に対する意地があったのかもしれない。悲鳴を上げなかった理由が、二人の意地の張り合いにあったのでは……。そんなことを山吹は想像した。

二人が、まだ部屋の中にいるうちに、宅配便の佐藤がやってきた。そこで初めて、彼女たちは外部にこの異常事態を知らせることを決断したようだ。佐藤と白金を玄関前に残し、戸川は、五階の山吹を呼びにきた、というわけである。

こうして、冷静になって考えてみると、必然的に一つの方向へと思考は向かう。

つまり、殺人者は、二人が部屋へやってきたときには、まだ現場にいたのだ。そして、宅配の佐藤が来るまでの間に、その人物は外へ出ていった。戸川と白金は、なんらかの理由があって、殺人者をかばっている。

少なくとも、今、山吹が認識している状況、すなわち、ドアやベランダの戸の施錠状態から判断すると、その可能性しかないように思われた。

「まあ、そうだなあ」舟元が煙を吐きながら頷いた。「もしかしたら、犯人は、あの二人のどちらかの彼氏ってことじゃないか？　で、もう一人も脅されたのか、とにかく言いくるめられたってわけだよ。でも、警察が来たから、そのうち話すことになるかもしれんな、それだと」

少し離れたところに佐藤がいるし、警察の人間も周囲を歩き回っている。二人はさきほどから内緒話のように息を殺して小声で話していた。

「しかし、不思議なのは、あの状況だよね」山吹は言う。「凄かったんだから……。あんなの、普通はやらないよ」

「でも、芸大だろう？」

「芸大だったら、するか？」

「うん、まあ、アーティストってのは、何をするかわからんからなあ。芸術は爆発だって感じで」

「何？　それ」

「あれ、知らないのか」

「そりゃ、殺人自体がもう普通じゃないとは思うけれどさ、でも、よりによって、あんな手の込んだことしなくても、普通に刺し殺したらいいわけで、変じゃん、何が目的かな？」

「うーん」舟元は唸る。「単に愉快だ、面白い、でやったんとちがうかな」

「愉快かなぁ……」山吹は顔をしかめた。

「見せしめにって、ことはないか？」

「何の見せしめ？　誰に見せたいわけ？」

「うーん、だから、結局、あの二人だよなぁ」舟元はそう言いながら、階段の上の方を見た。片手の煙草を、もう片手に持った灰皿で受けている。「わりと、可愛いし」

「何が？」

「いや、あの二人さ」

「あぁそう」山吹は頷いた。その点について、今まで自分はいかなる評価も下していなかったことに気づいた。

戸川優は、小さくて華奢《きゃしゃ》な感じだが、気が強そうだ。一方の白金瑞穂は背も高く、女性的な雰囲気。そういえば、かなり対照的な二人ではある。

「ビール飲んだら、駄目かなぁ。もう冷えてるぞう」舟元は言った。

「刑事さんに、きいてこようか？」

「え？」舟元はきょとんとした顔で、山吹を見た。「うん」慌てて頷く。「お前、そういう勇気はあるんだな」

「どういう意味だよ」よくわからなかった。

山吹は、階段を上がっていこうか、それとも舟元の部屋へ行こうか迷った。現場にも刑事はいるし、舟元の部屋でも、事情聴取が行われている。今のところ、誰が捜査のリーダなのかよくわからなかった。

階段を誰かが下りてくる。一瞬その振動で建物が揺れているような気がした。普通の人間よりもきっと重量があるのだろう。しばらくすると予想どおりの大男が姿を現した。大魔神のような厳《いか》つい顔で、山吹たちを睨む。明らかに警察の人間だとわかった。

「君たちが、五〇一の人ですか?」空気が漏れて出るような声だが、口調は意外にも優しかった。「県警の者ですが」

二人は頷く。

「部屋を使わせてもらっているそうですね、どうもご協力ありがとうございます。何か不都合はありませんか?」

「あの、僕たち、まだ食事をしていないんですけど、なにか食べても良いですか?」

「もちろんです」刑事は少し笑顔になった。顔に皺《しわ》が寄る。もしかしたら、まだ若いのかもしれない。「あ、そうか、うちの者が、部屋を占領してるから、食べられないのですか?」

「よくわかりませんけど、今は、刑事さんが何人かと、あと、女の子たちがいて、話をしているみたいです」

「わかりました。すぐに退室させましょう。どうぞ、お食事をなさって下さい」

「いえ、別に……」山吹は舟元を見る。「いいよなぁ、ここでも……。食べものと飲みものさえ、持ち出せれば」

「ああ」舟元もうんうんと頷いた。「でも、ビールとか、駄目ですよね？」

「え、どうして？」刑事はきき返した。

なんとなく、警官の前でアルコールは御法度《ごはっと》だという意識があったようだ。考えてみたら、そういった法律はない。

「別に、かまいませんよ」刑事は言った。「ただですね、もしも、どこかへ出かけられるときは、お声をかけていただけませんか」

「あ、はい、わかりました」舟元が返事をする。嬉しそうだ。

刑事は通路の方へ出ていき、そこに立っていた宅配の佐藤に声をかけ、次に、五〇一の部屋へ入っていった。

3

ビデオの録画を予定どおり開始し、機械が正常に作動していることを確認してから、加部谷恵美はモニタのスイッチを切った。横で壁にもたれて本を読んでいた海月が顔を上げて彼女を見た。

「どうしてテレビを切ったのかって、ききたいんでしょう？」加部谷は先回りして言った。

「あとで一人だけでゆっくり観たいから」海月は抑揚のないアクセントで即答した。

「そうそう、そういうこと」だがしかし、誰かと一緒にいるという状況の中では、今が一番一人ぼっちに近い気がするのであった。

海月は黙って視線を落とす。フォローなし。もう会話は終わりだ。おそらく、彼と会話を続けることは、世界ランキングのプロテニスプレィヤとラリィをするくらい難しいだろう。もちろん、それくらいのことはわかっていた、彼とのつき合いは短くないのだから。でも、二人だけでこんなに何時間も狭い空間にい続けた経験はない。非常に特殊な状況だと思えるのだが、何も特殊なことが起きないのは、いかがなものか、カレーのみというのは、いかがなものか、とも思う。否、いったい何を期待しているのか、と自問。

しばらく、海月をじっと見つめていた。彼が顔を上げたので、慌てて視線を逸《そ》らす。

電話が鳴った。良かった、助かった。

「はい」誰からなのか確認せずに電話に出てしまった。

「恵美ちゃん？　西之園です」

「うわぁ、びっくりした」加部谷は息を止める。大先輩の西之園萌絵である。電話のナンバを教えたことがあっただろうか。記憶がない。「ちょっと、あの、えっとぉ、私、電話番号を西之園さんに教えましたっけ？」

「さあ、どうして、私は電話をしたのでしょう？」

「どうしてですか？」

「心当たりがあるでしょう？」

「えっとぉ……」加部谷は必死に考える。「あぁ！　もしかしてもしかして、お母さんとか？」

「そうよぅ、かかってきたのよねぇ、どうしましょう」

「どうしたんですか？」

「わからないもの、なにも聞いてないからさぁ」

「でも、そこは西之園さんのことですから、機転を利かせて、なんとか、そのぉ……」

「そんなことできない、私、これでも正直者だから」

「うっそぉ……」加部谷の声が細くなる。

「嘘だけどね」

「ああ、良かった。そうですよね。だって、嘘がばれたら、お母さんが真っさきに電話かけてくるはずですもんね」

「どこにいるの？」

「え？」

「それを私に正直に話してくれたら、ま、今回は見逃してあげましょう」

「ひぇぇ、そんなぁ」

「言えないようなところなの？」

「いえいえ、そんなことありませんよ。でもぉ……、ちょっと、そのぉ、誤解されそうな気がして、あまりことを荒立てたくないんですよねぇ、なんていうか、平和主義というかぁ、ええ、これでも加部谷としては、各方面にいろいろ気を遣っているつもりなんですよぅ」

「つべこべ言ってないで」西之園の声が低くなった。

「つべこべって、何ですか？」

「とにかく、言いなさい」

「お母さんみたいですね」

「かちん」

「わかりましたわかりました」早口になっていた。「あのぉ、絶対に内緒ですよ、お願いしますよ」

「どうかな？　そういう条件を言えるような立場かしら？」

「うーん、あのぉ……」

背後には海月及介がいる。彼女は電話に出たときから、彼に背中を向けていた。しかし、距離は二メートルほどしかない。

「お友達のところにいます」加部谷は答えた。

「君ね、そんな返答で私が引き下がると思っているわけ？　それだったら、そのまま、お母さんにそう電話で伝えておくわよ」

「あぁあ、もう、なんて冷酷な！」

「お友達の名前は？」

「山吹さんです」加部谷は思い切って答えた。

数秒間沈黙。

「あ、そう……」西之園の声が変わる。空気が沢山混じった感じだった。

さらに数秒間の沈黙。

「わかった、悪かった」西之園が言った。「ごめん、立ち入ったことときいて。うん、そういうことなんだ」

「違います!」加部谷は首をふっている。ふってもしかたがないことに気づいてすぐにやめた。「あの、山吹さんの部屋にいるのは確かなんですけど、山吹さんは、ここにはいないんですよぉ」

「どうして?」

「えっと、お友達のところへ行ってるんです」

「ふうん……。説得力ないよねぇ」

「私は、ここでビデオを録ってるんです。山吹さんのところ、ケーブルだから、BSが入るんですよ」

「そういう問題じゃないでしょう? だいいち、どうやって、君はそこに入ったわけ? ああ、いやいや、別にね、そんなに、私も知りたいわけじゃないのよ。話したくなかったら、黙秘権はあるんだから、大いに行使してね」

「違うんですって、もう……。私が彼の部屋の鍵を持っているって、そう思ったんでしょう? 違いますよ」

「もう電話切ろうか?」

「いえいえ、あの、えっと、実はですね、今ここには、私の他にもう一人いるんです」

「え、誰？」

「海月君」

「何？　またそういうことを……」

「海月君」加部谷は振り返って、電話を海月に突きつけた。「西之園さん、ちょっと代わって」

海月は本を読んでいたが、顔を上げた。加部谷はさらに近づいて、電話を無理矢理彼に手渡す。

「もしもし、海月です」無表情のまま彼は話した。「ええ……、そうです。今、本を読んでいます」

彼は加部谷を見て、こちらへ電話を握った手を伸ばす。もう、会話は終了したようだ。

「はい、代わりました」加部谷は電話を耳に当てた。「ねぇ、いたでしょう？」

「信じられない」

「納得しました？」

「全然」

「ですからぁ……、海月君がここの部屋にいたから、私はここへ入ることができた、というわけなんです。山吹さんは、えっと、あ、そうそう、今ね、どこかお友達の家へ行っているんですけど、そこの上の階で殺人事件があって、取り込み中だって、ついさっき電話がありました。もう一度かけるようなこと言ってたのに、まだかかってきません」

「殺人事件？」

「ええ、密室だって言っていましたよ。彼がね、鍵を開けたら、そこが殺人現場だったんだって」

「説得力ないよねぇ」

「本当です」

「本当に？」

「ええ、本当に本当に」

「だったら、それ、凄い話じゃない？　それを聞いたのに、君はそこで海月君と二人きりでいるわけ？」

「ええ、まあ、だってぇ、駆けつけるわけにはいかないし」

「退屈でしょう？」

「そう……、ですねぇ、ええ、そこそこには。あでも、カレーを食べましたし、ビデオを録らなきゃだし、なにもしていないってわけじゃありませんよ」

「何が言いたいのか、よくわからない」

「あの、納得されましたか？　内緒にしておいてもらえますよね？」

「そうだね……」西之園は言う。「お母さん、心配していたよぉ。なるべく早く、気をつけて帰ってね」

「はあい」

「どうも、それじゃあ、お邪魔しました」

最後はもの凄く可愛らしいお嬢様声で言われてしまい、加部谷が絶句したところで電話が切れた。

4

山吹と舟元は、ビールを飲むことができた。舟元が買ってきた惣菜類をテーブルに広げて、冷えたビールを飲みながら話をした。もちろん、話の種には事欠かない。この部屋のこのテーブルで、戸川と白金が刑事たちから事情聴取を受けていたのだ。そのあと、舟元たちに明け渡されたわけだが、しかし、それも長くは続かなかった。二十分くらいした頃、インターフォンも鳴らさず、「おじゃまします」という声が玄関から聞こえた。出ていく間もなく、大男の刑事が部屋へ入ってくる。一人ではない。四十代くらいの銀縁メガネの男も遅れて現れた。刑事というよりは銀行員のような風貌だが、のちに、この男が、現場で捜査に当たっている警官の中ではリーダ格であることがわかる。ただし、このときには、まったくそんな雰囲気はなかった。

「あ、刑事さんたちも、飲まれますか?」舟元がきいた。アルコールのせいか、かなりリラックスした顔つきになっていた。

「駄目だよ、職務中は飲めないんでしょう?」山吹は言う。「テレビとかで、そう言ってますよね」

「ええ、そのとおりです。だいたい、あとですぐ車を運転しなくちゃいけませんしね。えっと、山吹さんは、飲んでも大丈夫なんですか?」

「え?」山吹は少し驚いた。考えもしなかったことである。バイクで来て、バイクで帰るつもりだった。そうか、飲酒運転になるじゃないか。「ああ、ええ、お酒が抜けるまでは、帰れませんね」

「ここに来たら、いつも舟元さんのところに、泊まっていかれるんですか?」

「いえ、だって、ここへ来たのは今日が初めてです」

「そうか、引越をしたばかり、でしたね?」刑事は舟元を見る。「正確には、どれくらいですか?」

「えっと、二週間かな」舟元が答える。「引越は日曜日でした」

「六〇一の町田さんとは、そのまえに会ったことは?」

「ありません、全然」舟元は首をふる。「それ、さっきもう言いましたけど」

「すみませんね、同じ質問をしてしまうこともありますけれど、ええ、なるべく正確に答えて下さい。山吹さんは、町田さんに、会ったことは？」

「ありません」山吹は首をふる。ビールのグラスに手を伸ばそうと思って、そのまま躊躇《ちゅうちょ》していた。

「では、彼女たちのどちらかには？」刑事は、質問をしながら、舟元を見た。

「ここへ越してくる以前には、会ったことはありませんね」舟元はすらすらと答えた。彼の場合、アルコールを少し摂取した方が口調が滑《なめ》らかになる傾向にある。学生のときからそうだった。「で、こちらへ来て三日目くらいだったかな、あの二人が一度ここへ来ました」

「この部屋へ、ですね？」

「ええ、インターフォンが鳴って、玄関で話をしました。鍵を開けてほしいと言われて、それで、上へ一緒について行って、開けてあげました」

「そのときは、町田さんはいなかったのですか？」

「ええ、いなかったと思いますよ。だって、いたら、彼が開けるんじゃないですか？」

「部屋の持ち主がいない場合にも鍵を開けても良い、というふうに指示をされていたのですか？」

「うーん、そういう指示は受けていませんけれど、とにかく、なにかあったときには、必要に応じて合い鍵を使っても良い、と言って渡されていましたから」

「合い鍵を使ったことは、他にありますか？」

「ありませんよ、その一回だけです。もうすぐ、ガスの点検があって、今、アナウンスのビラを回していますが、もしかしたら、そのときは、使わないといけないかもしれません。嫌ですよね、本当はそういうのって。人の部屋に入るのって」

「部屋に入られたのですか？」

「町田さんのところですか？　いいえ」舟元は首をふった。少し憮然とした表情が顔に出た。「上がりませんよ、そんな……」彼は、山吹の方を一瞥《いちべつ》した。「なあ？」

「僕も、最初のときは上がっていません。玄関の中へも入っていません」山吹は言う。

「ドアを開けただけです」

「わかりました。山吹さんは、ここへ来たのが初めてですから、当然、彼女たち二人とも、会ったのは今日が初めて、ということですね？」

「もちろんです」

「どうして、部屋の中へ入られたのですか？」刑事は優しい表情のまま尋ねた。

この質問が来ることは予想していた。今まで、どの刑事も一度もこれを山吹に尋ねなかったので、何故きかないのか、と逆に不思議に思っていたくらいだ。

「彼女たちが言っていることが本当かどうか、確かめるべきだと思ったんです」山吹は答える。「それに、すぐに対処するべきことがあるかもしれません。たとえば、町田さんはまだ生きていて、手当てを急ぐ必要があるかもしれないと……」

「手当てが、できますか？」

「いえ、僕にはできませんけれど、連絡はできます」

「どこへ？」

「たとえば、病院に」

「でも、もう警察に連絡を取った、救急車も呼んだ、というあとだったはずですが」

「ええ、でも、一刻を争うことってあるじゃないですか。医師の指示を受けて、現場で対処ができることがあるかもしれないし。それに、何故か、死んでいると聞いて、自殺というイメージが僕の頭にはあって、首を吊っているのならば、早く下ろした方が良いのじゃないかって、そう考えました」

「ちょっと変じゃないですか？　だって、戸川さんが血まみれだったのを見ていたわけですよね」

「ええ、そうですね。確かに……」山吹は頷いた。「変かもしれない。でも、そのときは、あまり頭が回らなくて」

「彼女が殺したのでは、と疑いませんでしたか？」突然、後ろにいる男が質問をした。

ぞっとするような鋭い視線を山吹に向けている。

「ええ」山吹は頷き、下を向いた。自分の膝を見た。そこに自分の左手があった。右手は既にビールを諦めている。「どういうわけか、考えませんでした。でも、あとで、そう思いつきました。それは、あの部屋に入ってからです。つまり、町田さんを見てからです」

「戸川さんが一人で、ここへ来て、上に来てほしいと言ったのですね？」再び、大男の方が質問を続ける。

「そうです。顔にも手にも、血が沢山ついていました。僕は彼女が怪我をしていると、最初は思いました」

「バスルームを貸したそうですね？」

「そうです」

「あとで、こちらのバスルームを検査しますので、それまで水を流さないようにお願いします」刑事は事務的な口調だった。

「あ、でも、さっき、手を洗ってしまいましたけど」舟元は言う。

「わかりました。かまいません。すぐに済みますから、さきにさせましょう」大男の刑事は立ち上がり、部屋から出ていった。鑑識に指示をしにいったのだろう。

刑事は壁際に立っている年輩の男一人になった。

「煙草を吸っても良いですか？」舟元がきく。

「私は煙草は嫌いですが、ここは貴方の部屋です」刑事が答える。「ご自由にどうぞ」

表情を変えず、ずっと山吹たちを観察している。そういう目つきだった。「死体を見て初めて、戸川さんが殺したのかもしれないと思った。そうおっしゃいましたが……」ゆっくりとした口調で、刑事は話す。「どうして、そういう具合に考えたのでしょうか？」

話したとおり、そう感じたのは事実だった。

どうしてだろう？

「よくわかりませんけど、たぶん……」山吹は考えながら話す。「あの部屋の状況からして、それしかありえない、というふうに考えが及んだのだと思います」

「もう少し詳しくご説明願えませんか」

「ええ、つまり、あの部屋は密室だった。鍵は僕が開けました。それから、僕が中まで入ったときにも、ベランダへ出る戸は鍵がかかっていました。あの状況からすると、もしも、彼女たちが犯人でないのなら、いったい、町田さんを刺した人物は、どうやって部屋から出ていったのか、ということになる。その謎にぶつかったわけですね。もちろん、他にも可能性はありますけれど……」

「たとえば、どんな可能性ですか？」

「最初、二人が部屋に入ったときには、まだ犯人がそこに残っていた。そいつを逃がしたあとで、僕を呼びにきたんです。あ、もちろん、宅配便もそのあとに来た、ということになります」

「逃がした、というのは、故意に、という意味ですか？」

「わかりませんけれど、二人に見つからずに、出ていくことは無理なんじゃないですか？」

「状況から、ちょっと考えられませんね」

「とにかく、そんなふうに考えたんです。だけど、変ですよね？」

「いや、何が変なのか、まだわかりません。なによりも、あの部屋の様子が普通ではありませんから」

「あんなふうに人を宙吊りにするのって、一人では無理なんじゃないですか？」

「そうですね、難しいと思います」

「となると、警察も、彼女たち二人を疑っているんですか？」

「捜査はまだ始まったばかりです」

玄関で音がして、何人かが入ってきた。リビングに、大男の刑事が再び姿を現す。紺色の制服の男が一人、バスルームへ入っていくのが見えた。

5

　C大学の研究室。院生が使うデスクが壁に向かって窓側半分に並び、入口近くには大きなゼミのための机と椅子がある。そのすぐ横の壁、コピィ機の近くにドアが一つ。これが教官室へつながっている。金曜日の夜九時半。部屋には西之園萌絵が一人だけだった。

　彼女は、一番窓際の席でコンピュータに向かっている。作業は終わったのだが、どうしても納得のいかない結果が一組だけ見つかり、それを二度検算した。間違いではなかった。画面に表示されたグラフをもう五分ほどじっと見つめている。椅子に深く座り、脚を組んでいた。コーヒーカップは空っぽだった。

　ドアが開いて、国枝桃子《ももこ》が現れた。この研究室のボスである。西之園とは年齢差が九つ。三十代半ばで、妻帯者、ではなく、夫帯者。

　国枝は西之園を見て、彼女の方へ近づいてきた。西之園は、姿勢を正し、座り直した。

「山吹君、今日見た？」国枝がきいた。

「いいえ。私、ここへ来たのが夕方ですから」

「カラス並だな、暗くなったら帰るってのは」

「えっと、今日は、どこかへ行っているらしいです」西之園は国枝を見上げて微笑んだ。「先生、もうお帰りですか？」

「うん」

「じゃあ、お送りします。私ももう帰ろうと思っていたところです」

国枝は電車とバスで通勤している。この時刻だと、バスはたぶん最終だろう。

「駅まででいいよ」国枝は頷いた。「ありがとう」

床運動の演技をしている体操選手のように国枝は向きを変え、ドアの方へ戻っていく。そのまま隣の部屋へ。西之園は立ち上がり、慌てて帰る支度を始めた。まず、コンピュータのデータのセーブ、メールの確認。つぎに、フォルダにグラフとファイルを入れ、MOディスクを取り出して、スリープ。MOはバッグに入れる。メモリィ・スティックも忘れずに抜く。そちらはポケットへ。ふと思いつき、彼女は電話を取り出した。

相手先を探してコールする。

「はい、どうも」相手の声が聞こえてくる。

「あ、鵜飼《うかい》さん、私です、西之園です」

「あ！　こりゃ、どうも！　はい、お久しぶりです。お元気でいらっしゃいましたでしようか」

「元気ですけれど、そんなに久しぶりじゃありませんよ、先月、お会いしましたでしょう?」

「あ、いや、その、お電話を直接いただくなんてことが、もうえらく珍しいことでありますので、びっくりいたしましたです、はい」

「今、どこにいるんですか?」

「ええ、はい、ちょっとその、現場でして、残念ながら立て込んでいるんですよ、はい。数時間まえに発生したものでしてね」

「密室だったりしません?」

「はあ?」

「いえ、そうかなって、ちょっと思ったもんですから」

「思うもんですか、そういうことって」

「三浦《みうら》さんは?」

「ええ、主任もいますよ」

「そちらさえよろしかったら、ちょっと久しぶりに、見せてもらっても良いかしら?」

「あれぇ、どうして、わかったんです? おかしいなあ、どこで聞かれたんです?」

「ああ、やっぱりそうなんですね。場所はどこですか?」

鵜飼は、場所を説明した。西之園はそれを映像で頭にメモする。

「近くですね。わかりました。三十分くらいしたら、伺います」

「ああ、嬉しいなあ。よろしくお願いします。ええ、久しぶりに、西之園さん向きですよ、これは」

「へえ、そうですか。それじゃあ、またのちほど」

電話を閉じてバッグに戻す。国枝がドアから出てきた。教官室は、通路へも直接出られるが、国枝はそちらのドアを使っていない。ずっと施錠したままで、いつも院生室を通る習慣だった。

西之園は上着を着て、バッグを肩にかけた。

二人は黙って部屋を出る。通路を歩き、エレベータに乗り、暗いロビィで守衛室の前を通った。国枝はしゃべらない。彼女の場合、自分から話を持ち出すことは、仕事以外にはない、といっても過言ではない。

キャンパスをしばらく歩き、ゲートの横の階段を下りていく。駐車場に出た。もう駐まっている車は疎《まば》らだった。

西之園の今日の車は、白のボクスタ。彼女は五台の車を所有しているが、その中ではこれが一番最近買ったもので、ほぼ毎日乗っている。そして、彼女の愛車の中では一番安い、つまり普段着である。

エンジンをかけ、助手席の国枝がシートベルトを締めるのを待った。

「お宅までお送りしますけれど」西之園はきいた。「お急ぎですか?」

「別に」国枝は答える。「どうして?」

那古野《なごの》市の西之園の自宅は、国枝のマンションとかなり近かったので、彼女を送って一緒に車で帰ることは日常だった。週に一度くらいはある。車の中で二人きりになると、いろいろ話がきき出せる、というメリットがあるので、西之園はこの機会を利用して、国枝のプライベートを探っているのだが、今のところ劇的な成果は得られていなかった。

「ちょっと寄り道していっても、良いですか?」

「どこへ?」

「いえ、通り道ですけれど、途中で、ちょっとだけ」

「どこ? 言いなさい。何か後ろめたいんだ」

「あれ、どうして、わかるんです?」

「貴女の顔、見ていたらわかる」

「顔、見てないじゃないですか」西之園は言った。国枝はずっと前を向いたままだ。

「声で、顔がわかる」

「へえ……。相関係数がかなり落ちそうですね、それは」

「どこへ行くの?」

「正直に言いますと、殺人現場です。鵜飼さんと三浦さんが、捜査を始めているところです。ちょっと変わった現場らしいんですよ」

「寄っていったら」国枝は表情を変えずに言う。「その手前の駅で、私を降ろしてくれたら、何も文句は言わない」

「あの、私も、そんなに興味があるわけじゃないんですよ。ただ……、その、山吹君が、容疑者になっているようなんです」

沈黙が数秒間。

西之園は、ゆっくりと右を向いた。国枝がこちらを睨んでいた。

「ホント？」国枝はきいた。

「ええ、たぶん」西之園は頷く。

6

十時になった。山吹と舟元は五〇一の部屋にいる。十分ほどまえに刑事たちが出ていったところだ。しばらく、警察とのやり取りに関して、二人で反省会のような会話を交わした。自分たちがどれくらい疑われているか、ということが主な論点だった。

「そうか、死亡推定時刻を聞くんだった」山吹は呟いた。

「死んだのか？　それも聞いてないな」舟元が言う。

確かにそのとおりである。しかし、町田が刺されたのは、発見よりも一時間もまえ、ということはないはず。

そのとき、自分は何をしていたのか、と山吹は考えた。バイクに乗って、こちらへ向かっている頃だろうか。こちらへ着いてからは、舟元とずっと一緒だったかというと、そうではない。彼は買いものに出てしまった。ようするに、アリバイは成立しそうにない。

山吹は、自分の部屋にいるはずの加部谷恵美に電話をかけたかった。本当のところは、海月及介と話がしたかった。しかし、刑事から、事件のことを部外者に電話などで知らせないように、と釘を刺されたのだ。加部谷はビデオを録り終え、既に帰っただろうか。そうなると、海月には連絡の方法はない。彼に話せば、なにか面白い見解が聞けそうな気がしたのだが……。

六階の現場はどうなっているだろう。

警察の捜査はどのくらいの範囲まで広がっているのか。

「ちょっと、外を見てくるよ」山吹は立ち上がった。

舟元も黙って立ち上がる。一緒に来るつもりのようだ。

通路へ出ると、すぐ近くに紺色の制服の男がいた。白い手袋をして、通路の床を調べているようだ。こちらをちらりと一度だけ見た。手摺《てすり》越しに駐車場を見下ろす。方々にライトが灯っている。屋外も捜索が行われているようだ。見える範囲だけでも十人以上の人間が動いているのがわかった。

エレベータホールにも、警官が二人いた。山吹たちはそこを通り過ぎ、階段へ向かった。さっき部屋で話した顔見知りの刑事を捜すつもりで六階へ上がろうとしたが、階段にはロープが張られ、制服の警官が一人立っていた。

「上、行けませんか？」山吹は尋ねる。

「六階のどちらへ行かれますか？」警官は事務的にきき返した。

「いえ、刑事さんに、ちょっとお話を伺おうと思いまして」山吹は考えながら話す。「あの、躰の大きな刑事さんです」

「ああ、鵜飼警部補なら、今は、下にいると思います。さきほど、下りていかれましたから」

「上の現場は……、もう見られませんよね？」

「今は無理ですね。立入禁止です」

「死亡推定時刻とか、知りませんか？」山吹は尋ねた。

警官は眉を顰《ひそ》め、一瞬首を傾げた。

「いえ、別にいいんです」山吹は片手を広げ、一歩後ろに下がる。

二人は階段を下りていった。階段の途中で、捜査員を合計五人見た。うち二人が女性だった。一人はストロボ付きのカメラを持っていた。

一階のロビィで、大男、鵜飼刑事を発見する。もう一人の目つきの鋭いメガネの刑事の姿は見当たらない。鵜飼は、ちょうど警官二人との話が終わって、階段の方へ歩き始めたところで、山吹たちと出合った。

「どこか、行かれるんですか?」鵜飼がきく。「できるだけ、しばらくの間は、出歩かないようご協力いただきたいのですけど」

「いえ、ちょっと退屈だから、出てきただけです」山吹は話す。「刑事さん、僕たちにも、少しくらい、どんなふうだったのか、教えてもらえませんか?」

「何をですか?」

「たとえば、町田さんは、どうなのですか? 亡くなっていたんですか?」

「ええ、残念ながら」鵜飼は表情を変えずに頷いた。「現場で死亡が確認されています」

「刺されたのはいつですか?」

「さあ、詳しいことはまだわかりません。亡くなったのは、発見された時刻から、早くても三十分くらいまえじゃないでしょうかね」

「やっぱりそうですか。血がまだ固まっていませんでしたものね」

「体温で計ったりもしますね」鵜飼は言う。「これ以上は、もう駄目ですよ」

「彼女たち、二人は、今どこに？」山吹はきいた。

「ああ、えっと、外の車の中です」鵜飼は玄関ホールの方を振り返った。「もうすぐ、本部へご同行いただくことになるかもしれません」

「もしかして、僕たちも？」

「いえ、今のところは、そこまでは考えていませんけれど。なにかお話しになりたいことがあるなら、別ですが」

「いえいえ、もう全部話しました」山吹はそう答えながら、舟元を見る。彼も無言で三度ほど頷いた。

「でも、思い出したり、気がついたことがあったら、お願いします。どんな些細《ささい》なことでもかまいませんから」

「そうだ、あの部屋の鍵は、どこにありましたか？　僕が開けたドアの鍵です。部屋の中で見つかりましたか？　見つからなかったでしょう？　犯人が、あそこを閉めて出ていったわけですよね？」

「普通、そう考えますよね」

山吹は頷く。自分で質問して初めて気づいたのだが、今の今まで、この一番当たり前の可能性を彼は見逃していた。ドラマみたいな展開を無意識に期待していたのだろうか。密室なんて、結局は、こうして作為的に捏造《ねつぞう》されるイメージなのかもしれないな、と彼は思った。

「あのぉ、警察は、どういうふうに考えているんですか？」舟元が尋ねた。「動機のある奴とか、いるんですか？　あんな殺し方をするっていうのは、もの取りじゃないですよね？」

「わかりませんね」鵜飼は少し笑みを浮かべて首をふった。「あんな殺し方、とおっしゃいましたけれど、それは、どういう意味ですか？　えっと、舟元さんは、現場で被害者をご覧になりましたか？」

「いえ、見てませんよ。だけど、山吹君がめちゃくちゃ詳しく話してくれたんで……。なんか、芸術的っていうか、凝《こ》りまくってるみたいな、そんな感じだったんでしょう？いかれた奴ですよね」

「あるいは、そう見せかけたのか」山吹は横から言った。

舟元が話したうちでは、芸術的という表現が、山吹の頭の中に残った。確かに、あの雰囲気は芸術的だった。現代アートのオブジェというのか、これが作品です、と言われてもおかしくない存在感を持っていた。町田も、そして戸川と白金も、N芸大の学生なのだ。

しかし、芸術のために殺す、ということは普通では考えにくい。もちろん、なんらかのメッセージが込められている、ということはあるかもしれないが、しかし、あれだけの装飾を凝らす労力と時間は、犯人にとっては非常に危険な賭ではなかっただろうか。殺すことが目的ならば、数段短い時間、少ない労力で、達成が可能である。余分なことをしている余裕があったとは思えない。なにしろ、殺してからすぐに発見されているのだ。逃げ遅れたら、犯人は戸川たちと鉢合わせになっていただろう。

その、鉢合わせになっていた、という可能性も、もう何度も山吹の頭に浮かんでいるイメージだったが、それに続く流れが思い浮かばなかった。戸川が何故、五階へ呼びにきたのか……。

鵜飼刑事は無言で片手を立て、階段の方へ歩いていった。彼が段を上り始めたところで、山吹はそちらへ近づいた。

「あのぉ、僕、いつ頃、帰れそうですか?」彼が尋ねると、鵜飼は階段の途中で振り返った。

「う-ん、そうですね、もう少しだけ待ってもらえませんか、もう一度だけお話を伺って、それで、なんとか今日のところは終わりにしたいと思います」

「そうですか」山吹は溜息をついた。「どうせ、ここにいるんだったら、もう少し捜査の進捗《しんちょく》状況というか、わかったことを教えてもらえたら、それを考えて退屈凌《しの》ぎができるんですけどね」

「残念ながら、退屈凌ぎで、我々はやっているわけじゃないです」鵜飼が山吹を睨んだ。「人間が一人死んでいるんですよ」

「はい、すいません。あの、そういうつもりじゃなくて……」山吹の言葉は尻窄《しりすぼ》みになる。ようするに、協力がしたい、自分の頭脳が捜査に活かせれば、と考えただけなのだが、そういうふうには受け取ってもらえなかったようだ。

「もう、よろしいですか？」鵜飼はきいた。

「ええ、どうも……」山吹は頭を下げる。

「外に出ても、けっこうですが、あまり遠くへ行かないように、お願いします」

「行きません」

鵜飼が踊り場まで上がったとき、山吹たちの背後から声がかかった。

「鵜飼さん」

山吹は振り返り、びっくりする。六〇一号室で死体を見たときよりも驚いたかもしれない。人間は、つまり、予想できる対象には、それほど驚かないものである。

「西之園さん」彼女の名前を呼んだのは鵜飼警部補で、彼は階段を駆け下りてきた。

「ああ、どうもどうも、本当にいらっしゃったんですね。ありがとうございます」さきほどまでの声よりも一オクターブは高くなっている。表情なんかもう別人という変わり様だった。

彼は山吹たちの間を通り抜け、西之園萌絵の前に立って握手をする。彼女は白いブレザに黒い革のパンツ、近頃は髪にオレンジのメッシュを入れていて、非常に目立つ。

西之園の後方でロビィのドアが開き、もう一人長身の人物が入ってきた。

「国枝先生！」今度は山吹がその名を呼んだ。「えぇ？　どうして先生が？」

7

ビデオデッキが仕事を終えてから三十分経過。

加部谷はテーブルに座って雑誌を読んでいた。山吹の部屋のラックにあったもので、格闘技関係の雑誌だった。そういった趣味が彼にあるのか、と興味を持ったことと、自分にはこれまで無関係だった世界が少し新鮮で、ページを捲っているうちに没頭してしまった。

しかし、ときどき海月を見たし、自分の携帯電話に表示される時刻も気にしていた。そろそろ帰らなければならない。自転車で駅まで走り、ＪＲの電車に乗る。十五分ほど行ったところで地下鉄に乗り換える。十分ほど行き、次は市バスに乗り換える。それで十分くらいのところ。そこから歩いてさらに十分。この時刻だと、電車もバスも本数が少ないから、優に一時間はかかってしまうだろう。ということは、今すぐにここを出ても、帰宅は十一時にはなる。叱られるだろうか。ぎりぎり大丈夫、という時刻かもしれない。

明日は土曜日だから大学は休みだ、それもあって、何か楽しいことをしたい、という欲求が彼女の躰の中で燻《くすぶ》っていた。帰宅したら、のんびりとした平凡で退屈な週末が待っているだけのような気がする。

今はまだ二年生だが、四年生になったら卒論の研究で忙しくなると聞いている。そうなったら、それを口実にして、大学の近くでアパートを探して、一人で生活する、という提案をしよう。何度かそう考えた。しかし、きっと反対されるだろう。それに、大学の近辺は、加部谷の自宅と同じくらい郊外で、寂しいところである。ここに住むことは、それほど魅力的ではない。それよりも、運転を習って、自動車を買った方が良いのではないか。

そこでイメージされるのが、西之園萌絵だ。

良いなあ……。

独り言が、実際に口から出てしまったような気がして、彼女は慌てて海月を見た。

大丈夫、言わなかったようだ。溜息が漏れる。

中学生のときに知り合った西之園萌絵が、すべてにおいて、加部谷の憧れだった。できるだけ西之園を見習って、自分を、そして自分の生活を近づけていこう、と常々考える。だが、まだまだほど遠い。真似ができたのは、工学部の建築学科に入学したことくらい。あとは、髪型くらいではないか……。

また溜息が漏れる。

突然、海月及介が立ち上がり、こちらへ来た。加部谷はびっくりして姿勢を正す。

「何？」彼女はきいた。

「コーヒーを淹《い》れる」海月は加部谷を見ず、キッチンへ向かった。

「私も飲む」きかれていなかったが、一応答えておいた。

これで、また十分か二十分は、帰れなくなった。

どうしようか。

そのうち山吹が帰ってくるのではないか。そうすれば、もう少し面白い話ができるはず。

事件はどうなったのだろう？

もしかして、まだ抜け出せない状況なのだろうか。

しかし、遅くなるならば、電話をかけてきても良さそうなものだ。あ、そうか、ここには電話がないし、海月は携帯電話を持っていない。そして、加部谷はもう帰った、と山吹は考えているのだ。

そうか、では、こちらから電話をしてみようか……。

海月が薬缶《やかん》に水を入れ、コンロの火をつけた。加部谷は、思い切って、山吹に電話をかけてみることにする。携帯を開き、コールして耳に当てる。呼び出し音がしばらく続いた。

「はいはい」押し殺したような山吹の声である。

「加部谷です。今、大丈夫ですか？」

「あ、うんうん」

「まだ、殺人現場にいるんですね？」

「ちょっと待ってね……」山吹は言う。おそらく移動しているのだろう。加部谷は黙って待った。「あ、もしもし、うん、まだねぇ、取り調べとかあったりして、なかなか帰れそうもないよ。加部谷さん、もう帰ったところ？」

「いえ、違います。今まだ、山吹さんのところですよ」

「あ、そう……、へぇ」気の抜けたような山吹の返答。

「山吹さんが帰ってきたら、話を聞こうと思っていたのに」

「ごめんごめん、連絡できなくて。警察から事件のことをしゃべっちゃ駄目だって言われてさ。やっぱり、そういうものらしいね。こっちは大変だよ、警官がもの凄くいっぱいいて」

「そうか……、じゃあ、今夜はもう諦めて、帰るしかありませんねぇ」

「海月は何をしてる？」

「今、コーヒーを淹れています」

「へえ、まめな奴だな」

「そうは思いませんけれど、ええ、今はたまたまです」

「どういう意味？」

「いえ、別に」

「それよりね、加部谷さん、西之園さんに電話したでしょう？」

「いいえ、してませんよ。西之園さんの方からかかってきましたけれど」

「とにかくさぁ、びっくりだよ」山吹はそこで言葉を切った。

「何がです？」

「西之園さんがね、今、ここにいるんだから」

「えぇ！」加部谷は思わず立ち上がった。「嘘、本当に？」

「嘘みたいでしょう？」

「わぁ、いいなあ！」

「え？　何がいいの？」

「えっと、その、西之園さんが、いいなって」

「え？　よくわかんないけど……。もっと凄いこともあるよ」

「もっと凄いこと?」

「そう……、もう一人、君の知っている人が、ここにいるよ」

「誰です? もしかして、犀川《さいかわ》先生とか?」

「誰、それ」

「あ、違うのか、じゃあ、誰かなぁ、あ! わかった諏訪野《すわの》さん?」

「誰、それ」

「あれ、違う? うーん、わからない。誰だろう」

「国枝先生だよ」

「うっそぉ!」

「本当だってば、西之園さんと一緒に来たんだ、国枝先生が」

「国枝先生っていうのは、国枝桃子先生のことですか?」

「当たり前じゃん」

「だって、そんなこと、ありえないですよ」

「なんか決めつけてるね」

「どうして、国枝先生が来たんです。あ、わかった。そこのマンションが、国枝先生が住んでいるマンションだったんですね?」

「違うよ」

「え、じゃあ、なんでだろう?」

「あのさ、僕の指導教官なんだよ、国枝先生は……」

「だから?」

「だから、指導教官として、僕のことを心配して、来てくれたんだってば」

「ええ? そんなことぉ。かなり考えにくいですけど」

「なんか、偏見持ってない?」

「へぇぇ……、そうなんですかぁ、国枝先生がねぇぇ、へぇぇ、それは凄いよなあ、ありえないですよぉ、普通……。何があったんでしょうか、国枝先生。どういう風の吹き回しでしょう」

「ちょっとびっくりしすぎだと思う、それ」

「すいません、さすがの加部谷も、すっかり言葉を失ってしまいました」

「全然失ってないと思うよ」

「う—ん、じゃあやっぱり、本当に密室だったんですね?」

「え、どうして?」

「だって、西之園さんがわざわざ出向いたってことは、そういうことでしょう?」

「そうなの?」

「そりゃ、そうですよ。間違いありません」

「どうして？　西之園さん、密室と関係があるわけ？　ああでも、なんかね、そういえば、警察の人たちと、やたら親しいというか、いやどっちかっていうと、刑事の人が、みんな西之園さんを女王様みたいに扱ってるんだよね、うん、もしかして、その方面では、有名な研究者なのかなあって想像したんだけれど」

「ええ、当たらずといえども遠からずですよ」

「加部谷さん、知ってるんだ、教えてよ、詳しく」

「今度ゆっくりと」

「わかった、とにかく、そういうわけ」

「で、密室だったんですか？」

「うん、そうだよ」簡単に山吹は答える。

「犯人が鍵を持ってて、逃げていくとき鍵をかけていった、というだけではなかったんですか？」

「うん、そうだよ」

「どうして、それがわかったんです？」

「西之園さんと刑事さんが話しているところに、僕いたから」

「うわぁ、じゃあ本当に本当なんですねぇ。凄いな、いいな、あるんですね、そういうことが現実に」

「ま、それは、また詳しく、今度教えてあげるから」

「今、教えて下さいよぅ」

「だからさぁ、情報を漏らすなって、警察に言われているんだよ。駄目なんだってば」

「ああ、悔しいなぁ……。そっちへ行こうかなぁ」

「駄目、もう遅いから。帰ったら?」

「悔しいぃ」

「海月は、何をしているの?」

「えっと、今、薬缶を持ってます」

「彼の淹れるコーヒーは美味《うま》いよ。じゃあね」

第3章　記録された映像とφの謎について

「ある事態が思考可能である」とは、われわれがその事態の像を作りうるということにほかならない。

1

舟元の部屋に国枝桃子と西之園萌絵がいる。このうち、国枝は、舟元とも顔見知りである。国枝は、C大へ赴任する以前から、非常勤でC大の講義を受け持っていたので、建築学科の学生であれば、この風変わりな教員のことを知らないはずはない。一方、西之園萌絵は、舟元とは初対面だ。最初に彼女がロビィへ入ってきたとき、刑事たちが彼女に取った態度が非常に不思議だったようだ。それは山吹も同じである。そのときの舟元は、山吹の耳元で、こう囁《ささや》いた。

「誰？　芸能人？」

確かに、その種の煌《きら》びやかさが彼女にはある。山吹は日頃から西之園に接しているため、知らず知らずに慣れてしまったが、普通の人間から見れば、やはり特異だろう。国枝も変わっているが、西之園はさらに変わっている、その変わり方は両者別々のように思えるものの、しかし、どこか共通点もある、と山吹には感じられるのだった。

さきほどまで鵜飼刑事がいて、ここで、つまり山吹たちの前で、捜査の状況に関する話を西之園にしていた。途中で彼女と鵜飼は、一度部屋を出ていき、六階の現場を見にいった。どういった理由で、彼女がそんなに特別扱いされているのか、と残っていた国枝に尋ねたところ、彼女の返答はいつもながらに素《そ》っ気《け》なかった。

「人それぞれ、特別なものがあるってこと」

推察するに、西之園が行った研究が、警察の捜査の役に立ったことが過去にあったのではないか。彼女は建築分野の中でも、特に、群衆行動に関するシミュレーション的考察を専門としている。今、山吹が手掛けている研究のテーマもその一環である。これが、警察の仕事に貢献するだろうか。否、なにか役に立つ部分が存在するかもしれない。そして、その功績が認められて、あのような立場に西之園はなったのだ。そう山吹は考えた。国枝助教授のことも警察は知っているようだった。これも、その可能性を裏付けているのではないか。

いずれにしても、警察からもたらされた情報で、事件の全容をかなり正確に把握《はあく》することができた。しかし、把握できたことで、事情がわかったのか、というと、その反対だった。それらの情報は、まったく信じられない不思議な状況を補強するばかりだったのである。

まず、鍵の問題。

六〇一号室の鍵は、新しいタイプの電子ロックであり、コピィはかなり難しい。コピィを製造できる業者も限られているし、コピィした場合、その記録が残ることになっているそうだ。町田弘司は、この鍵を二つ所有していた。ここのマンションを借りた者には、全員二つの鍵が手渡されることになっている。

鍵の一つは、町田のバッグの中にあった。キーフォルダについていた。これは現場で見つかっている。バッグは物色された様子はなく、奥の寝室のベッドの横に置かれていた。もう一つの鍵も、やはり室内で見つかっている。場所はキッチンの引出の奥だった。

この状況はつまり、少なくとも殺人者が鍵を持って部屋から出て、そのときに施錠をしていった、という可能性を完全に否定するものである。

ベランダ側の戸は、やはり完全に内側で施錠されていた。それは、戸の外側からは操作が不可能なメカニズムだ。ベランダには目立った痕跡はなく、そこから人が出入りしたとは考えにくい、というのが刑事の説明だった。

また、窓が一つ寝室にあるが、これは、物理的に人間が出入りできるほど開口幅がないうえ、外は地上から二十メートルの高さで、足掛かりになるものも存在しない。

この他、天井へ抜ける点検ハッチや、押入などについても入念に調べられたが、人間の出入りは不可能だという。鉄筋コンクリートのマンションであり、近頃のタイプは屋根裏のスペースもほとんどなく、また他の部屋ともつながっていない。一時的にでさえ人が隠れていたような痕跡も発見されなかった。

しかし、これらの条件を聞いていたとき、山吹の頭には一つ可能性が思い浮かんだ。しかもほぼ同時に、それを西之園萌絵が言葉にしてくれた。

「でも、戸川さんか白金さんが、その鍵を持ち込んだ、という可能性がありますね」

山吹は自分の考えが通じたことで大きく頷いた。しかし、西之園も国枝もこちらを見ていない。刑事だけが、山吹をちらりと一瞥した。

そのとおり、戸川か白金のどちらかが、実は鍵を持っていて、一度は外から施錠して現場を立ち去り、次に、鍵を持っていない振りをして、管理人にドアを開けさせる。現場を発見して驚く振りをするが、そのとき、こっそりと鍵を戻しておく。バッグかあるいは引出に、である。そうすれば、密室が簡単に完成するというわけだ。

「もちろん……」西之園は振り返って、山吹を見る。「彼にもできたことになりますけれど」

「え？」そうか、自分もそれが可能なのだ、と初めて山吹は気づいた。「でも、僕の場合は、頼まれたからあそこへ行ったわけで、必然性がありませんよね」一応、自己弁護を試みた。

「戸川さんと君に、なんらかのつながりがあれば、それも簡単でしょう？」西之園は微笑みながら話した。残酷な内容をよくそんな優しい口調で言えるものだ、と山吹は感心する。「ただし、せっかく部屋を施錠して出ていったのに、自分で戻ってきて発見する、というのは、あまりにも単純で幼稚。褒《ほ》められた計画ではありませんね」

「ええ、まあ……」鵜飼が唸《うな》った。「そこらへんが順当な考えだとは、最初、思ったんですが、さきほど……、その、実は、それらすべてを覆《くつがえ》してしまう証拠が見つかりましてね」鵜飼はもう一度、山吹たちの方を見た。「あ、君たちね、これは絶対に人に話さないように。いいですね？」

山吹と舟元は何度も頷いた。

「この二人は犯人ではありませんから、大丈夫です」西之園が簡単に言う。このあと、その理由が語られるのかと、刑事を含め、そこにいた全員が数秒間待っただろう。しかし、それっきりだった。「あの、どんな証拠ですか？」彼女は刑事にきいた。

「あまり詳しくは申し上げられませんが……」鵜飼はまた、横目で山吹と舟元を見る。信用されていないようだ。「彼女たち二人が部屋に入ってから、宅配便の男が来る、あるいは、その後、山吹さんが入ってくるところなど、すべてがビデオで記録されていました。映像が残っているのですよ。私は、まだ一回しか見ていませんけれどね」

「ビデオ？」西之園が目を丸くする。

「で、それによりますと」鵜飼は続ける。「寝室には誰も入っていっていない。また、キッチンの問題の引出を開けた者もいません。誰も近づいていないんですよ。ようするにですね、鍵を戻すことも、触れることもなかったということです」

「あの、どうして、ビデオが？」西之園が質問する。「撮影されていたのですか？」

「そうです。ビデオカメラで」

「誰がセットしたものですか？」

「わかりません。小型のカメラで、テープも小さいです。録画時間は二時間で、彼女たちが死体を発見する、その十五分もまえから回っていました」

「え？ それじゃあ、そのときには、誰かが部屋にいたってことですか？」西之園はきいた。

「そう、なりますね」鵜飼は両手を広げる。「あ、もう、ここまでにしましょう。あまりお話しするわけにはいかないんですよ。三浦さんに叱られますから。もうすぐ、戻ってこられると思いますよ」

「凄いですね」山吹は考えていることを素直に言葉にした。「ビデオを回しておいたなんて……」

「被害者に、その方面の趣味でもあったのですか？」西之園が尋ねる。

その方面って何だろう、と山吹は想像する。

「どうなんでしょう。でも、芸人の学生ですし、それに、専門は映像だそうで」鵜飼は答えた。

「ああ、映像学科なんですね」西之園が小さく頷く。

「しかし、その映像ってのが、いったい何なのか、僕にはさっぱりですよ」鵜飼は苦笑した。「映画を撮ったりしていたのでしょうか？」

「映画とは限らないでしょうね」西之園が言う。

「あ、そうそう、一つ、お尋ねしたいんですけれど」鵜飼は、胸のポケットからサインペンを取り出した。「この文字……、何て読みますか？」

彼は、自分の手帳を開き、白いページに文字を書いた。山吹と舟元もソファから立ち上がってそちらへ見にいく。

鵜飼は、最初に○を書き、次に上から下へ真っ直ぐにそれを突き抜ける直線を引いた。

「φ《ファイ》？」西之園が言う。

「ファイっていうんですか……、そう、出てきますよね、これ、数学とか物理とかに」

鵜飼はそう言いながら、国枝を見る。

国枝は腕組みをしたまま、さきほどから一言もしゃべらない。機嫌が悪いのかもしれないが、いつもこうなので、正確な状況はわからない。

「φが、どうかしたんですか？」西之園がきいた。

「いえ、別に」鵜飼は首をふった。

「鵜飼さん」西之園はそう言うと、上目遣いに彼を見据えた。「言うなら、今のうちだと思いますよ」

刑事は咳払《せきばら》いをし、他の三人を順番に見る。それから、西之園の方へ少しだけ顔を近づけ、小さな声で答えた。

「その問題のカメラの中にあったビデオテープ、そのラベルに、書いてあったんですよ」

「φが？」西之園が首を傾げる。

「ええ、《φは壊れたね》って」鵜飼は言った。

「φは壊れたね？」西之園が繰り返す。

「そうです。テープは新品ぽかったし、ラベルも貼ったばかりのように真っ白でした。文字は細いマジックで手書きです。筆跡については、鑑定中ですけれど……」

「どういう意味ですか？」

「さあ、何だと思います？」

「タイトル？」西之園が答えた。

「タイトルって、何のタイトルですか？」今度は鵜飼が首を傾げた。

「作品のタイトル」

「作品？」

「ああ、そうか……」山吹は思わず頷いてしまった。しかし、鵜飼がこちらを向いたので慌てて言葉を探す。「いえ、なんとなく、ああそうかって思っただけです」彼は首をふる。「変ですね、何だろう？　意味わかりませんよね。だけど、そういうのって、多いじゃないですか。芸術作品のタイトルって、だいたい意味がわからないものばかりでしょう？」

「φっていうのは、何に使う記号ですか？」鵜飼は西之園と国枝を見てきいた。

「決まっていません」西之園が答える。「よく使うというと、関数の名前かしら」

「空集合」国枝が珍しく口をきいた。

「クーシューゴー？」鵜飼が眉を顰める。「クーシューゴー、クーシューゴー。空襲のときの防空壕なら、わかりますけど」

残念ながら誰も笑わなかった。鵜飼自身さえ、苦笑いもできなかった。

2

三十分後に、西之園と国枝の二人は帰っていった。

指導学生の山吹が、心配するほどの状況ではないと確認できたことで、国枝はもうこの場に用はない、と判断した様子だった。彼女はほとんど誰とも話をしなかった。研究室でも、無駄話は一切しない。C大学に転勤してきたばかりであったし、しかも女性の助教授は珍しいので、学生の間でも国枝は話題に上ることが多いが、とにかく「厳しい」という印象が学生たちには共通して広がっている。C大の学生の中では、当然ながら山吹が最も国枝に近い位置にいることになるが、広まっている国枝の印象は、そのまま、そのとおりだ、と彼も思っている。国枝には裏表などありえない。

三時頃まで起きていて、舟元と話をしたり、ときどき外へ出て捜査の様子を眺めてきた。ビールはとうになくなっていたから、そのうち舟元はベッドへ行き本を読み始め、そのまま眠ってしまった。山吹もソファで横になって目を瞑った。

六〇一で見た異様なシーンが、天然色で頭の中のスクリーンに繰り返し映し出されたけれど、これといって新しい発見はなかった。

どうして、こんなに自分は冷静なのだろう、と今さら驚く。取り乱したりもしなかったし、そのときは気持ち悪いとさえ感じなかった。死んでいる人間など間近《まぢか》で見たことは、葬式以外では初めてだったはずなのに。

次に目を覚ましたときには、窓の外が明るかった。時計を確かめると午前七時。四時間しか眠っていないわりには、目覚めは爽やかで、彼はすぐに起き上がった。隣の部屋を覗いてみると、舟元はまだ眠っているみたいだ。

上着を着て、ガラス戸を開け、ベランダに出た。冷たい空気は、しかし気持ちが良い。下を覗くと、ファミリィレストランの横の道路にずらりと警察の車が駐車している。青い制服の男たちの姿が数人見えた。もちろん、これでも昨夜よりは数が減っているだろう。パトカーは表の道路に三台だけ見えた。こちらへ入ってくる道を封鎖しているようだった。その道路の反対側には、ワゴン車が四台。そして、少し離れた歩道橋の上にカメラの三脚と思われるもの、そして数人の人影が見えた。こちらへレンズを向けていることは間違いない。山吹は思わず後ろに下がった。

六〇一のベランダを見上げる。

上から、ここへ下りてくることは、もしかしたら、道具がなくてもできるかもしれない。かなりの度胸が必要ではあるが。

ということは、このまま四〇一、三〇一と、順々に下りていくことも可能だろう。そんなことができるだけでヒーロになれる気もした。

それから、右に見える五〇二のベランダを見た。

かなり離れている。優に五メートルはあるだろう。普通の人間が飛び越えることは不可能だ。五〇二と、その向こう側の五〇三は、壁一つを隔てて連続している。しかもその壁は、突き破ることが容易《たやす》い素材で作られ、万が一のとき、避難路になるようにデザインされているはずだ。五〇一や六〇一のベランダだけが孤立しているのは、階段室が存在するためである。普通このような場合には、上下の移動によって避難路を確保する。つまり、床にハッチが作られ、梯子《はしご》で下のベランダへ下りることができるようにするはずだ。ここには、しかしそういった設備がなかった。自分が立っている床も調べてみたが、ハッチはない。もしかしたら、違法ではないか、とも思えたけれど、なにか特例があるのかもしれない。彼は建築が専門だが、この方面の知識は皆無だった。専門分野が多少違うからだ。

いずれにしても、六〇一号室のベランダへ出るガラス戸は、内側から施錠されていた。山吹自身が、警察が来るまえにそれを確認している。したがって、こんな思考は無意味だろう。

なにげなく視線を上げると、思いもしない近くに人がいて、こちらを見ていた。斜め上のベランダ、つまり六〇二号室、殺人があった町田の部屋の隣になる。そこから、若い男がこちらを見下ろしていたのだ。山吹と目が合うと、後ろへ下がったのか、すぐに陰に隠れた。しかし、顔ははっきりと見えた。色が黒く、髪は短い。メガネはかけていない。年齢は二十代だと思われる。

別に何のことはない。自分の隣の部屋で殺人事件が起きたのだ。きっと彼も警察にいろいろきかれたことだろう。このマンションには、大勢の人たちが生活している。誰もが町田のことを知っていたとは思えないが、何人かは知り合いがいたかもしれない。

斜め上のベランダを見ているうちに、今度は逆に、斜め下の四〇二のベランダを見たくなり、山吹はベランダの端まで近づき頭を出した。隣の一フロア下になる。ロープがあれば、あそこへ下りられるだろうか。角度にして、四十五度よりは少し緩やかかもしれない。もしベランダの壁がなかったら、飛び移れるだろうか、なども考える。

部屋の中に戻ってバスルームへ行き、顔を洗った。昨夜、警察の鑑識係がこの場所を調べていた。なんとか反応という、血液の有無を調べる検査だろうか。戸川優がここで血のついた手と顔を洗ったからである。もちろん、今は僅かの痕跡も残っていなかった。

温かいコーヒーが飲みたかったけれど、ここは自分の部屋ではない。舟元は眠っているし、勝手になにかを作るのも気が引けた。少し考えてから、山吹は財布を持って、玄関から外へ出た。どこか近くにコンビニがあるだろう。通路を歩き、階段室を覗くと、そちらに人影があった。警察の捜査官らしい。山吹はエレベータでロビィへ下りた。

ロビィにはポストが並んでいるが、そこに新聞を入れている若い男がいた。この時刻に新聞とは、かなり遅いな、と山吹は思った。今日は土曜日なので、もしかしたら特別かもしれない。その男の横を通り過ぎ、表へ出ようとしたところ、男がこちらを向き、話しかけてきた。

「あのぉ、なんか、あったみたいですけど、何ですか？」

「あ、ええ……、殺人事件かなにかだったみたいで」山吹は僅かに断定を避け、表現を和《やわ》らげた。

「え、殺人事件？　どこですか？　まさか、六階じゃないですよね？」

「六階ですよ」

「六階のどこですか？」

「六〇一です」

「え！」口を開けたまま、男は動きを止めた。顔を非対称に歪ませ、目の下の頬が一瞬痙攣《けいれん》したように見えた。「町田君のところですか？　誰が、殺されたんですか？」

「町田さんみたいです」山吹は答える。今、彼がポストに入れたばかりの新聞に目が行く。そのニュースは出ていないのだろうか、と考えた。

「本当ですか、それ……」口を開けたまま男は下を向く。「ああ、そうなのか、まさかとは思ったけれど……」

「町田さんと、知り合いですか？」山吹は尋ねる。

「あ、ええ……、そのぉ、大学が同じなんです。同級生です」

「へえ、じゃあ、N芸大？」山吹はきく。新聞配達のバイトをしている芸大生というのは、近頃では珍しいのではないか、と考えながら。

「ええ、そうです」

「戸川さんとか、白金さんも、知っているんですか？」

「あ、ええ……」今度は目を丸くして、男は驚いた表情になった。「彼女たち、どうかしたんですか？」

「いや、詳しくは知りませんけど」山吹は嘘をついた。もしかしたら、既にしゃべりすぎているのでは、という反省もあった。

マンションに入るときに、警察は彼を引き留めなかったのだろうか。単なる新聞配達の男だと考えたかもしれない。ジーンズのジャケットにジーパン、髪はカールしていて長い。顎髭を僅かに生やしていた。躰は大きくなく、痩せている。どちらかというと、弱々しい感じだった。色白の顔や高い声が、そういう印象を助長しているように思える。

「そうか……、町田君が……」彼はまた言葉を繰り返し、息を吐いた。「実は昨日の夜も、この前を通りかかったら、パトカーがいっぱいで、おかしいなあとは思ったんだけど、でも、まさかねぇ……」

ロビィの入口のガラス戸が開き、男が二人入ってきた。一人は大男の鵜飼刑事、もう一人は若い痩せた男で、初めて見る顔だった。山吹は、鵜飼と目が合ったので、軽く頭を下げた。

「どうかしましたか?」刑事たちは、二人の前に立って尋ねた。何の話をしていたのか、という質問らしい。

新聞配達の男は、山吹を上目遣いで訴えるように見た。萎縮している様子である。彼らが警察だということは、すぐにわかったようだ。あるいは、ここへ入るまえにも外で話をきかれたのかもしれない。山吹は、自分が今聞いた話をそのまま刑事たちに話して良いものかどうか迷った。人それぞれ、言いたいことは自分で言うべきだ、と彼は考えているので、とにかくこの場は黙っている決意をする。

「あの、すみませんでした、僕、実は……」新聞配達の男が一歩後ろに下がって頭を下げる。「六〇一の町田君の友人で、岸野《きしの》といいます。すみません、隠すつもりはなかったのですよ。でも、まさか、六〇一で事件が起きていたなんて知らなかったもんですから、さっきは、言わなかったんですけどぉ……」

「いえいえ、気になさる必要はありません。町田さんとお知り合いですか。よく、部屋へ行かれたりするのですか?」鵜飼は尋ねた。

「ちょっと、あの、この仕事をさきにしないといけないんです。ただでさえ、今日は遅刻なんです」男は、持っている新聞の束を軽く持ち上げた。

「ええ、どうぞ、お仕事を続けて下さい」

「はい」男は頷く。

彼は、持っていた新聞の残りをポストに入れる作業を再開した。鵜飼ともう一人は、それをじっと観察している。山吹も、その場に立って、彼を見ていた。

すべての新聞をポストに入れ、岸野はこちらを向いた。

「やっぱり、言うべきですよね」両手を揉むように擦り合わせ、唇を噛んだ。「あの、実は、昨日、町田君から、ここへ来るようにって、電話で呼ばれたんですよ。だけど、少し遅れてしまって……、来てみたら、パトカーがいっぱいで、それで、なんか嫌な感じがしてしまって、それでその、引き返してしまったんですよ。すみません。別にその、なにか悪いことをしたわけでもないし、その、なんで呼ばれたのかもわからないし、えっと、その……」男は、泣きそうな顔になる。聞いている方も顔をしかめたくなるような、苦しそうな話し方だった。

「失礼ですが、岸野さんとおっしゃいましたね？」鵜飼の横に立っていた若い男が尋ねた。彼はいつの間にか手帳を広げている。そうすることで、相手にさらなるプレッシャをかけようとしているみたいだった。

「はい、岸野です」

「町田さんから、電話で呼び出された、ということですが、確かですか？」

「はい、そうです」

「それは、何時頃のことでしょうか？」

「えっと、五時過ぎだったと思います」

「確かですか？　どうして五時過ぎだと？」

「うーん、つまり、一時間後の六時に来いという連絡だったんです。それで、そう、そのときに時計を見ました。五時を少し過ぎていたと思います」

横で聞いている山吹は、この情報で少し興奮した。かなり重要な手がかりではないだろうか。その時点で、町田は生きていて、しかも、この岸野という男を呼び出した、というのだ。殺された時刻の直前ということになる。事件に何らかの関係がある、と考えてしまうのも当然だろう。

「電話というのは、携帯ですか？」鵜飼が尋ねた。

「はい、そうです。彼も携帯だし、僕も携帯です。あ、そうか、時刻は着信履歴に残っていますね」彼は、携帯を取り出そうとする。「あ、すみません。外のバイクに、僕の鞄が……」

「ええ、あとでけっこうです」鵜飼が頷いた。「遅れて来られたとおっしゃいましたが、昨日、こちらへ来られたのは何時頃ですか?」

「六時半頃だったと思います」

「それで、パトカーを見て、引き返していかれた」

「ええ、すみません」

「町田さんは、何の用事だと言いましたか?」もう一人の刑事が質問する。

「いいえ、何も」

「どんなお話をされましたか? 何か、いつもと変わった様子はありませんでしたか?」

「うーん」岸野は片手を口に当てて眉を顰《ひそ》める。オーバな動作に見えたが、おそらく緊張しているためだろう。「いやあ、別に、変わったふうには思えなかったですけど」

「誰か、近くにいるようでしたか?」

「いえ、わかりません」

「どこにいる、と言いましたか?」

「いえ、そんなことは話してません。でも、六時に俺のところへ来てくれ、と言いましたから、つまり、マンションにいるのじゃないかって、僕は思いましたけど」

「そうやって、理由もなく突然呼び出すことが、これまでにもありましたか?」

「ええ、そうですそうです。だいたい、彼はいつもそうなんですよ」

「いつもは、来てみると、何があるのですか？」手帳になにかを書きながら、刑事は質問を続ける。

「なにもないです。ただ、ちょっと話をするくらいです」

「どれくらいの時間？」

「いつもは、一時間くらい」

聞いていて、多少変な話だと山吹は思った。突然、友達を呼び出す、それに応じて、やってくる。力関係として、町田の方が強かった、ということだろうか。

山吹は、岸野に対して、戸川と白金のことを聞きたかった。彼女たちと町田の関係についてである。きっと、この男ならば知っているのでは、と思えたからだ。

そこで山吹は刑事たちの顔を見た。すると、鋭い二人分の眼光がこちらへ向かっているのだ。

そうか、自分はこの場では邪魔者か、と山吹は認識する。

「すいません。あの、やっぱり、仕事をさきに片づけてきます。終わったら、ここへ戻ってきますから」岸野は刑事たちに頭を下げた。

岸野と一緒に、若い方の刑事がついて、表側のドアから外へ出ていった。ロビィには、鵜飼と山吹が残った。

3

「刑事さん、徹夜ですか?」山吹は鵜飼に尋ねた。

「ええ、そうです」鵜飼は頷く。改めて見ると、笑顔は意外に人なつっこいことがわかった。「山吹さんは、寝られましたか?」

「少し」山吹は答える。

「西之園さんの後輩だったとは、奇遇ですね」

「いいえ、後輩というか、研究指導をしてもらっているだけです。西之園さん、N大なのに、C大に来ているんです。どうしてなのか知りませんけどね。国枝先生と共同研究をしているからかなあ。あ、それより、もの凄く不思議なんですけど、西之園さんは、警察となにか関係があるんですか?」

「いいえ」にこにこ笑いながら鵜飼が首をふった。西之園という名前を聞いただけで、表情が十ルックスくらい明るくなるようだ。「特にこれといって正式なものはなにもありませんが、その、いろいろと深いところでつながりがあるんですよ。過去にも、お世話になっております」

「よくわかりませんけど、まあいいや」山吹もつられて笑った。しかし、リラックスできたところで急に質問がしたくなる。「その西之園さんの後輩として、ききたいんですけれど、なにか、密室について新たな情報は得られましたか？」

「何ですか？　その後輩として、という部分は」

「西之園さんに伝えますから、よかったら、僕に教えて下さい、という意味です」

「なかなかうまいこと言いますね」鵜飼はおどけた様子で躰を揺すった。「いえ、全然ですよ。さっきの岸野という男が捕まったことくらいです」

「あ、じゃあ、既に、彼のことに注目していたんですね？」

「ええ、探していました。まさか、新聞配達をしているとは思いませんでした。外にいた警官もうっかり通してしまって。あるいは、証拠隠滅のためにここへ来たのかもしれません」

「え、そんなに疑っているのですか？」山吹は少し驚いた。あの気弱そうな男に対して殺人犯の疑いをかけるなんて、意外だったからだ。

「西之園さんの後輩だから、特別ですよ。誰にも話さないで下さいよ」鵜飼は背中を丸め、声を潜めた。「戸川さんと白金さんから聞いたんです。岸野という友人がいて、そいつがよくここへ来ているって。それから、被害者の携帯電話を確認しました。五時六分に、町田さんは、岸野さんに電話をかけています。その記録が残っていました」

「つまり、そのときには町田さんはまだ生きていたんですね」山吹は言う。「その直後に縛られて、吊されて、刺されたってことですか？　いろいろ凝ったことをしたわりに、時間がけっこう短いですよね。逃げる時間も必要だし、忙しかったんじゃないかな」

「ま、そういうことですね」鵜飼は頷いた。「ところで、お話しした代わりに、といったらなんですが、ちょっとこの際ですから……、あの、舟元さんについて伺っても良いですか？」

「何をですか？」

「えっと、そうですね、お金に困っている様子はなかったですか？　どうして、このマンションに引っ越してこられたんでしょうか？」

「いいえ、全然知りませんよ、そんなこと。僕、久しぶりに彼に会ったんです。卒業以来初めてなんです。引越の理由も聞いていません。本人に聞いたら良いのでは？」

「もちろん、伺いますよ」鵜飼は微笑んで頷いた。「しかし、やはり、多方面から見ないといけないものもありますからね。そうそう、管理人代理は舟元さんだったのに、たまたま居合わせた山吹さんが、鍵を開けることになってしまった。これも、やっぱり偶然でしょうか？」

「偶然だと思いますよ」

「舟元さん、どこへ行かれたんですか？」

「あれ、本人にきかなかったんですか？　買いものですよ。ビールとかの」

「うん、そうみたいですね。でも、お話を伺った範囲では、意外に時間が長かったように思います」

「あそうそう、遠くへ行ったみたいです」

「ですよね。すぐそこのコンビニだったら、往復と買いものをしても十分かかりません。やはり、山吹さんを持て成そうと、特別なものを買うために遠くまで行った、ということでしょうかね？」

「そうかな」

「特別なものが食べられましたか？」

「いや……」山吹は首を捻った。そして、鵜飼の顔を見る。何故か可笑しくなってしまい、山吹は吹き出した。「刑事さん、意外に頭脳派ですね」

「意外にっていうのは、何ですか？」真面目な顔をして鵜飼が尋ねる。

「いえ、他意はありませんけど」山吹はますます可笑しくなって、笑いを堪える。

「ところで、山吹さん、どこかへ行かれるつもりだったのでは？」

「あそうそう、そうなんです。まさにそのコンビニまで、ちょっと」すっかり忘れていた。「出ていっても良いですか？」

「はい、全然かまいませんですよ。それに、もうご自宅へ戻っていただいてもけっこうです。連絡さえつけば、問題ありません」

「そうなんですか、じゃあ、帰ろうかな」

「どうぞどうぞ」

「わりと簡単に解決しそうだってことですね？」

「いえ、それはどうかわかりません」

4

山吹は、コンビニへ行き、牛乳とパンを買って、マンションへ戻る途中で歩きながら食べた。彼は料理が得意で、自炊をよくする方だ。しかし、こういった簡単な食事にもまったく抵抗がない。凝りたいときと、簡単に済ませたいときがあるだけで、いつも同じようにしたいとは思わない。

舟元の部屋へ戻って、もう帰るから、とベッドの舟元に声をかけた。一応、返事をしたけれど、彼の意識があったかどうか、記憶に残ったかどうかは、微妙なところだった。

もう一度、鵜飼に挨拶をしておこうと考えたが、彼の姿は見つからなかった。もっとも、六階の現場まで探しにいったわけではない。バイクが駐めてある駐車場へ下りていく途中で、少しだけ方々を見回して大男の姿を探しただけだ。

バイクを運転し、自分のアパートに戻ったのは午前八時半だった。鍵は閉まっていて、自分のキーで開けて中に入った。部屋には誰もいない。微《かす》かにカレーの匂いがしたので、コンロの鍋の蓋を取った。海月が作ったものだろう。待てよ、そうか、加部谷もいたのだ。彼女が作ったのだろうか。確率は、七対三で海月だな、と考える。

部屋は片づいていた。食器も綺麗だった。海月の荷物は何もない。彼はおそらく大学の図書館へ出かけたか、どこかの美術館、あるいは博物館へ行ったにちがいない。こんな時刻なので、まだ開いていないのが普通だが、彼の場合は、一日にかなりの距離を歩く。電車には乗るが、バスには乗らない、と話していたこともある。バスに乗るくらいなら歩く、という意味らしい。また夕方には戻ってくるだろう、と山吹は想像した。海月は毎日コンスタントな生活を送っている。特別なイベントを自分の生活に入れたがらない傾向が顕著だ。

シャワーを浴びてから、ベッドで横になり、ゼミの資料の英文を訳しているうちに眠ってしまった。目が醒めて、時計を見ると一時。外は明るいので、午後一時だとわかり、溜息をついた。しばらく仰向《あおむ》けになって天井を眺めていたが、脚の反動で起き上がり、冷蔵庫へ向かう。お茶をグラスに注いでいるとき、電話がかかってきた。加部谷恵美からだ。

「さっき、電話したのに、出なかったですよぉ」恨めしそうな口調で加部谷が言った。

「あれ、いつ？　風呂に入ってたから」

「あ、でも、戻られたんですね？　海月君は？」

「いないよ。カレーがあるけど、誰が作ったの？」

「自慢じゃないですけど、私には作れません」

「自慢じゃないね」

「えぇぇん」加部谷が高い声を出す。「で、どうでした？」急に口調が明るくなる。

「事件のこと？」

「そうです」

「別に、特にこれといった進展はないね」

「あれぇ、なんか冷めてますね。昨日は、密室だ密室だって、まくし立てていたじゃないですか？」

「まくし立てたかなぁ」

「あれ、違うかなぁ、じゃあ、躍起《やっき》になっていた？」

「それも違うと思う」

「しゃかりきになっていた。しゃちこ張っていた。素《す》っ頓狂《とんきょう》になっていた」

「暇そうだね」

「西之園さんが行って、ずばり解決したのかと思いましたけれど」

「ま、そんな簡単じゃないってことだよね」山吹はグラスのお茶を一口飲んだ。

「国枝先生は？」

「あ、国枝先生はね、もう、一っ言もしゃべらなかったよ。岩になったみたいな感じ」

「密室じゃあ、なかったとか？」

「いや、相変わらず密室は密室だよ。電話で話したときよりも、ずっと密室らしくなったんだけど」

「だけど？」

「ん？」

「どうなったんです？」

「もっと凄い密室になったってこと」

「どういうこと？　何か、新しい証拠が？」

「うん、まあねぇ……。あ、でもね、こんなぺらぺら話しちゃいけないんだなあ。口止めされたから」

「私、口堅いんですよ。一度聞いたものは、絶対に口に出しませんからね」

「そのわりには、僕から電話があったこと、西之園さんに簡単にしゃべったよね」

「えっとぉ、あぁ、そういえば、そうですねぇ……。変だなあ、無意識に、かな」加部谷はそこでくすくすと笑った。笑って誤魔化《ごまか》そうとしているようだ。「あのぉ、山吹さん、今からなにか予定がありますか？」

「いや、別にないよ。でも、大学へ出て、ちょっと調べものをしようと思っていたけど」

「研究室ですか？」

「そう」

「よぉぉしぃ、そいじゃあ、私も大学へ行きますから」

「よぉしって、何をしに？」

「研究室へ行きますから、いて下さいよ。山吹さんがいないと、寂しぃ」

「西之園さんがいると思うよ」

「あ、そうですね。そっちでもいいや」

「けっこう、君、軽はずみな発言するよね」

「え、そうですか、それほどでもないと思いますけど」

「意味通じてない？」

「あれ？」

5

加部谷恵美はＪＲに乗るまえにケーキを買った。個数を迷ったけれど、願いを込めて、西之園萌絵、国枝助教授、山吹先輩、海月君、そして自分、という五個に、安全率二十パーセントを加えて六個にした。大出費である。だが、いたしかたない。自分は得る側、つまり受け手であり、できるだけ下手に出なければならないのだ。

大学の最寄り駅からは自転車を利用している。つまり自分の自転車を日頃この駅か大学に置いているのである。雨が降ったときはバスに乗る。この近辺は坂道が多いが、自転車に乗るのは大好きだったので苦にならない。自宅には、もっと高いサイクリング車を持っているが、それは週末の晴天にしか乗れない。通学用の安い自転車の方が走行距離がずっと長いはずだ。多少の不合理を感じるが、これは、安いバッグ、安い洋服、安い靴、すべてに現れる法則といえる。

キャンパスに到着したのは午後三時少しまえ。駐輪場に自転車を置き、建築学科へ向かうまえに、図書館に寄ってみた。

案の定、いつもの場所に海月及介を発見する。彼はだいたい、明るい間で講義のない時間は、ここにいるのだ。加部谷の観測では、開いている本は画集か写真集であることが多い。文字を読んでいることは滅多にない。一方で、図書館以外で彼が本を読んでいるときは、それが日本語であれ英語であれ、絵や図がほとんどない本ばかり、という印象だった。取り上げて、全ページを調べたわけではないので、正確なデータではないけれど。

「海月君」加部谷は、彼の横の椅子に静かに座った。一番近い他人までは五メートルほどの距離である。「昨日は、どうもごちそうさまでした」

海月は顔を上げ、無言で小さく頷いた。表情はまったく変わらない。

「昨日のお礼にケーキを買ってきたんだけど、これから、山吹さんの研究室で、一緒に食べない？」

海月はポケットから時計を出して、それを見た。それから、彼女の方を向き、小さく頷いた。OKということらしい。

加部谷は立ち上がり、しばらく待った。しかし、海月は広げた本に視線を戻し、さきほどと同じ格好に戻ったまま動かない。

「じゃあ、えっと、さきに行っているから」彼女はそう言い残して、その場を立ち去った。

海月及介に対しては、これと同じ局面が過去に何度も経験されているので、もうこの程度の仕打ちでは腹が立たなくなっている彼女である。

図書館を出て、研究棟へ向かって歩いた。土曜日だから静かだ。食堂の方に少し人影が見える程度。天気が良いのに、土曜日に大学へ出てくる奴なんて、そんなに多くはない、というのが健全な傾向だろう。

階段を上がって、通路を歩き、《国枝研究室》という小さなプレートが出ているドアをノックした。返事は聞こえなかったが、そっとドアを開けて覗くと、窓際に西之園萌絵の姿があった。

西之園は窓の外を向いて立っている。ほとんどシルエットだったけれど、彼女の場合、たとえ影絵でも、また躰の一部でも、きっと彼女だとわかるだろう。

「こんにちはぁ」明るく挨拶をして、部屋の中へ入っていく。

西之園は相変わらず向こうを見たまま。窓の外をじっと眺めている。腕組みをして動かない。

「西之園さん?」もう少し近づいて、もう少し大きな声で呼んでみた。

ようやくゆっくりと西之園は振り返り、こちらを向く。加部谷を捉え、そして驚くふうでもなく、ごく自然に、微笑んだ。

「やあ」それが彼女の挨拶だった。

「大丈夫ですか? 何をしていたんですか?」

「考えごと」西之園は答える。「どうしたの? 土曜日なのに」

「山吹さん、来てません？」

「うん、見ないけど」

「もうすぐきっと来ます」

「あそう。お約束？」

「いいえ」加部谷は首をふって溜息をついた。どうして溜息をついたのか、自分でもわからない。「あの、ケーキを買ってきたんですよ。みんなで食べようと思って」

「みんなって？」澄ました顔で西之園がきく。

「国枝先生、いませんか？」

「いるよ」

「じゃあ、これで三人」

「幾つ買ってきたの？」

「六つです」

「一人二つだね」

「そういうふうに積極的に考えないで下さい」

「違うの？」

「とにかく、お茶かコーヒーか、淹れましょうか」加部谷はバッグを椅子の上に置き、戸口の方へ戻った。そこに食器棚と簡単なキッチン用具が揃っている。冷蔵庫やシンク、それにコンロや炊飯器もあった。最低限だが自炊が可能である。
ドアが開いて、山吹早月が入ってきた。

「あ、ちょうど良い」西之園萌絵が笑顔で立ち上がった。「山吹君、コーヒー!」

「あ、はいはい」山吹がすぐに返事をする。

「あっれぇ……」加部谷は後退し、キッチンから離れる。「なんか、私のときと全然違ってたりするぅ」

「ケーキが一人一個半になった」西之園が言った。

その後も幾多の難関があったものの、十五分後には、ゼミ用テーブルにみんなが並んだ。西之園萌絵、その隣に加部谷、反対側に山吹早月、そしてその隣に国枝助教授である。国枝は、相変わらずむっとした表情であるが、どうやらケーキにつられて出てきたらしい。テーブルの上に、山吹が淹れたコーヒーが置かれ、皿にケーキが四つ取り出された。誰がどれを食べるのか、を仕切ったのは、もちろん西之園である。

事件の話も出ないまま、ケーキを黙って食べ始めたとき、ドアが静かに開き、海月及介が顔を覗かせた。

「あ、海月君が出た!」加部谷は声を上げる。「さあさあ、入って入って、ここに座って。ようこそ」テーブルの端の席、加部谷と山吹の間に椅子を持ってきて、海月を座らせた。「国枝先生といい、海月君といい、ケーキって、わりと万能なんですね」

「だから、ここまで社会に普及したんだよ」山吹が言った。

「さあ、では、せっかくですから、山吹さん、事件の話を詳しくご報告願えませんか?」加部谷が水を向ける。

「うーん、でもさぁ、良いのかなぁ」山吹はケーキの最後の三分の一を口に入れた。そして、西之園の方へ視線を向けて、彼女の顔色を窺った。

「ここだけの話にしておけば、問題ないよ」西之園が簡単に答える。「話したら?」

「言っておくけど、私、関心ないからね」国枝が言う。彼女も既にケーキを平らげ、コーヒーカップを片手に持っていた。

6

「じゃあ、まあ、簡単に話しますけど……」山吹は始める。

昨夜の事件に関して、山吹は三分ほど説明をした。壁際にゼミ用のホワイトボードがあったので、彼はそこに事件現場六〇一号室の略図を描いた。死体がどこにぶら下がっていたか、部屋の出入口、寝室、ベランダの位置関係などを示した。その後も、彼が見たこと聞いたことを、山吹は丁寧に伝える。加部谷としては、既に聞いていたこともあったが、初めて聞くことの方が多かった。特に、最後の方で出てきたビデオの話、そのビデオテープに書かれていたタイトルの話は、少なからず衝撃的だった。

「へえぇ、凄いですねぇ」加部谷は息を吐く。「すっかり、本当に本当の密室になっているじゃありませんか」

「そう」山吹は頷く。「さて、だいたい条件は理解してもらえたと思いますから、ここで、得られた情報から想像できる状況として、どんな可能性が考えられるか、ちょっと意見を聞きたいと思います」

加部谷はみんなの顔を順々に見回した。国枝助教授は憮然とした表情でコーヒーを飲んでいる。今にも、立ち上がって自分の部屋へ戻っていきそうな雰囲気だ。西之園萌絵は、その反対、大きな瞳を加部谷に向けた。明らかに楽しそうである。海月及介は、まだケーキを食べている。視線を交わすことはなかった。

「ちょっと待ってね」西之園が片手を少し立てて発言した。「密室の可能性を論じるまえに、もっと大事なことがあると思えるんだ。つまりね、今回の事件で最も特徴的なことは何かといえば、それは、死体が現場に宙吊りになっていた、という点じゃないかしら。その状況が、何を意味するのか。何故、そういったことが行われたのか。まずは、そちらを考えるべきなのでは？」

なるほど、と加部谷は納得して、無言で頷いた。見ると、山吹は首を傾げている。

「僕は、それは、そんなに意味がないと考えていました」山吹が話した。「実際、殺人現場に立って思ったのは、いかれている、ってことだけで、特に何か、メッセージがあるようには感じられなかった。ようするに、あれは芸術と同じで、やった奴には、やっている間、意味があったかもしれないけれど、あそこに残っているのは、それを後始末しなかっただけの、つまり散らかしっぱなしの状態であって、ああしておかなければならなかったなんていう必要性はないと思います。だから、重要な意味を持っているようには思えないんですけど」

「うーん、人をぶら下げておくことで、それが密室を成り立たせるための道具として利用できた、ということはない？」加部谷は意見を言った。

「たとえば？」山吹がきいた。

「たとえばぁ……」加部谷はフル加速で考えながら答える。「人間の振り子を利用して、その力でもって何かを引っ張って、それで密室が完成するような仕掛け」

「漫画の読み過ぎ」西之園萌絵が横で言った。

「えええん」加部谷は声を上げる。「うんと、じゃあねぇ、あ！　そうだそうだ！　目立つものを用意しておいて、そちらへ目を向けさせる。その間に、こっそりとぉ……」

「たとえば？」山吹が言う。

「たとえば……、そうそう、つまり、一方の女の子が、死体の方に気を取られている間に、もう一人の子は、こっそりと持っていた鍵を、キッチンの引出の中に滑り込ませた。これで、密室が完成したのです」

「あ、少しはまとも」西之園が言った。「でも、それがなかったことは、ビデオの映像で確認されているはず」

「そっかぁ……、うーん」加部谷は腕組みをする。ケーキはまだ半分しか食べていない。隣の西之園のケーキもまだ半分だった。お嬢様は食べるのが遅いのだ、と内心嬉しくなる。「ちょっと、私だけじゃなくて、他の人の意見も聞かないと」

「山吹君が言ったこと、けっこういい線なんじゃない?」国枝が言った。

山吹が急に明るい顔になる。よほど嬉しかったのだろう。

「でも、殺人っていうのは、けっこうなリスクを負う行為なわけですよ」西之園が反論する。「儀式とか、芸術とか、そういったものが前面に出る場合、たいていは、誰が殺したのかは明らかで、殺した方にも罪の意識は存在しない。だから隠れたりもしません。あるいは、シリアルキラなどが、自分の存在をアピールするために、ごく短時間にセットできる装飾を残すことはありますけれど、こういった個人を殺害するというケースでは、ほとんど例はないと思います。つまり、芸術や儀式的なものを装ってはいるけれど、実は、この状況が、犯人にとっては避けられない条件だった、という気がしてならない。両手を縛って吊り上げることに意味があったのか、それとも、なにかを隠すために、そうせざるをえなかったのか……。違うでしょうか? 常識的すぎますか? あまりにも、労力がかかりすぎるし、つまり犯人にとってはとても危険な行為だと思います。時間的余裕があったわけでもない。また退路もない。ぎりぎりの条件なのですから」

「相変わらず、抽象的だな」国枝が言った。無表情だが、機嫌が良さそうだ。どうしてそう感じたのか、加部谷は自問したが、よくわからない。国枝の表情が見えるように自分が進化したのだろうか。

「φは壊れたね、というビデオの言葉は、どうですか？」山吹が言う。「あのアートのような部屋の状況と、似つかわしいタイトルだと僕は思うんですけど」

「誰が、その作品を作ろうとしたの？」加部谷は質問する。

「誰って、もちろん犯人だよ」山吹が答える。

「ですよねぇ……」加部谷は頷く。「てことは、人を殺して吊り上げておくのと、ビデオでその現場を撮影しておくのと、全部合わせて、一人の人間が、何かを創作しようとした、ということかしら」

「アートだったら、作品を見せたい対象がいるはずじゃない？」西之園が発言した。「誰に向けたものかしら？　それから、作り手というのは、自分の作品の出来を自分でも眺めてみたい衝動にかられると思う。たとえば、撮影したビデオを再生して見たいんじゃないかなあ。誰が見られる？　当然、証拠品として、警察に持っていかれてしまうわけでしょう?」

「つまり、そういったアートではない、ということですか?」加部谷は右隣へ顔を向ける。

「うん」西之園は頷いた。「なんか一つ外れている気がするんだけれど」

「手首にも傷があって、それを隠すためだとかは?」加部谷は言う。「でも、わざわざ吊り下げることもないかぁ」

「そんなの、調べたらわかることだよ」山吹が言った。

沈黙の幕が下りる。

ケーキは五つが既に消費され、あとは、箱の中に残った一つだけ。これは誰が食べるのか。買ってきたのは自分だから、自分に権利があるだろうか、と加部谷は密かに考えた。

「それじゃあ、もう一度、密室の問題に戻って……、そっちの方で意見はありませんか?」山吹が議長役を務めて言った。

「簡単」国枝が発言する。「合い鍵がもう一個ある」

「電子ロックですよ」山吹が応じる。

「可能だろ?」国枝は素っ気なく言った。

「ええ、まあ、もちろんできるはずです」山吹は頷いた。「でも、それじゃあ、面白くないというか……」

「そうですそうです」加部谷も加勢する。

「あのね、面白くするためのもの、これって？」国枝が目を細める。

「うわぁ、重い発言ですね、確かに……」加部谷は溜息をついた。「あ、でも、それ以外の可能性も、一応は議論する価値はあると思います」

「え、なにか可能性を思いついているの？」山吹が期待の表情を加部谷に向けた。

「駄目なんですぅ」彼女は首をふる。「一所懸命、幾つか考えてきたのに、そのビデオカメラに残っていた映像ってので、すべて否定されちゃうんですよぅ」

「というと、加部谷さんは、戸川さんか、白金さんのどちらかが犯人だと考えていたんだね？」山吹がきいた。

「ええ、まあ、そうなりますね」

「でもさ、それって、現実問題として、変だよ」

「え、どうしてです？」

「だってさ、戸川さんか白金さんがやったんだとしたら、現場に戻ってきて、わざわざ早期発見をして、しかも、誰にも不可能な状況を設定して、自分たちだけが、一番疑われるような状況を作ったってことになるよ。全然、労力と見合わないじゃん」

「うーん、ですからぁ、そこが、なんていうかぁ、彼女たちの愛なんですよぅ」

「愛？」山吹は首を傾げた。「誰に対する？」

「被害者の男」加部谷は答えた。「もちろん、普通じゃないとは思いますけどぉ、そうすることで、自分のものにできる、という感じの、ほら、えっと、所有欲みたいなものですね」

「ちょっと待って」山吹は微笑み、片手を広げた。「密室を作り出すことが、どうして所有欲と関係があるわけ？　それならば、殺したあとに、自分も部屋に残って、ずっと近くにいたら良いじゃん」

「違いますよぅ。密室にすることで、自分たち以外の人間を排除したんです。次に、そこへ自分だけが入れることを示す。そのときには、自分の愛を見せつけたい相手が一緒なんです」

「ああ、なるほどね」山吹が頷いた。「戸川さんが殺して、白金さんに、それを見せびらかした、と言いたいんだね」

「そうですそうです」

「細かいところは、矛盾が多いけれど、その動機は全体としては、わからないでもないなあ」

「哲学的な話になっている」国枝が静かに言った。「全然、議論になっていない。もっと物理的に可能かどうか、という点に的を絞ってほしいな」

「ありがとうございます、先生」山吹が頭を下げる。「ほら、非常に的確なアドバイスをいただきました。いかがですか？　おい、海月、なんか言えよ」

「いや……」海月は無表情のまま答える。「特にない。そのビデオに映っていたものを見る必要があるのでは？」

「あ、それはそうね」頷いたのは西之園だった。「確かに、それが撮影された意図は、映像を見ればわかるかもしれない。うん、的確な意見だ。よし」

「え、何が、よしなんですか？」山吹が尋ねる。

「なんとかしてみる」西之園が答えた。

「は？　なんとかしたら、見られるんですか？」山吹は笑った。

7

「あ、このケーキ、食べないように」立ち上がった西之園萌絵が言った。

全員が見てる中、西之園は部屋から出ていってしまう。

「えっと、どういうことでしょうか？」加部谷がきょろきょろと顔を見回す。「不安不安」

「私よりもさきに部屋を出ていくなんて、ね」国枝が言った。

「えっとぉ、ケーキとどういう関係があるんですか？　疑問疑問」

「帰ってきたら、自分が食べたいっていう意味なんじゃないの」山吹が言った。「我が儘だよね、西之園さんって」

「わぁ」加部谷は指をさす。「言いましたねぇ」

「あぁあ、とにかく、全然、わからない。変なものに関わっちゃったなあ」山吹が溜息をついた。「こんなふうじゃあ、考えてしまって、研究に集中できませんよね。良かった、論文の締切のあとで」

「だから、遊びにいっていただけだろう」国枝が立ち上がった。

「あ、はい、そのとおりです」山吹が頷く。「どうも、先生、ありがとうございました」

国枝は横のドアから隣の部屋へ入っていった。そちらが教官室である。テーブルには三人が残った。山吹は目を瞑り、首を回している。寝違えたのだろうか。海月は腕組みをしたまま動かない。どこを見ているのか、その視線はホワイトボードに向かっているようだった。加部谷はテーブルに肘をつく。手に顎をのせた。西之園と国枝がいるところでは取れないポーズである。

「そうか」山吹が言った。「鍵がなくても、内側からだったら、施錠ができるんだ」

「そうですよ」加部谷は言う。「当然じゃないですか。でも、部屋の中には誰もいなかったわけだから……」

「いや、でも、それを確かめたのは、あの二人だけなんだ」

「だって、それもみんな、ビデオに映っているんじゃありませんか？」

「うーん、どうかな。死角があるんじゃない？　そこをうまく通って、犯人は玄関から出ていった。つまり、戸川さんと白金さんが、見て見ぬ振りをして、犯人を逃がしたんだ」

「どうして、逃がしたんですか？」

「まあ、その……、結局は、共犯だったってことになるかな」

「共犯だったら、初めから、鍵を開けてあげれば良いのでは？」

「だからさ、それは、鍵がかかっていた、ということを第三者に確認してほしかったんだよ。つまり、それが僕だったってわけだけど」

「見せかけの密室を作ろうとしたんですね？」

「うん、まあ、そうかな」

「何のために？」

「ん？　密室って、何のために作るの？」

「さあ……」加部谷は首を傾げた。「とりあえず、不可能だということをアピールして、手口を想像させない、という意味があるのかなあ」

「そうじゃなくて、普通は、密室にすることで、死んでいる人が自殺だって認識される、そうすれば殺人事件として捜査されない、というメリットがあるんじゃない？」

「あ、そうかぁ。胸に自分でナイフを突き刺したって解釈になるんですね。それはでも、今回は無理ですよね。ロープで両腕を縛られて吊られていたんだから、それ自体、自分一人でできる状況じゃないし、そのうえ、ナイフで自殺するなんて、絶対不可能だし」

「そうそう」山吹は頷いた。「だけど、たとえば、ナイフでさきに胸を刺しておいて、それから、自分でロープに掴まってぶら下がったとかは？」

「いやぁ」加部谷は顔をしかめた。「痛いのにぃ、そんなこと、できませんよぅ」

「しかし、本当に密室ならば、最後にはもうその可能性しか残っていないことになるよ」

「そうですね、あとは……、そうそう、人間が中にいなくても鍵がかけられる、特殊な仕組みを使ったのか」

「ああ、ああ、あるね、糸とか使って、部屋の中の鍵をね、うん。そういうのって、現実に可能かなぁ」

「玄関のドアは、どんなロックでした？」

「えっと、指で摘《つま》める小さなレバーを回すタイプだね」

「チェーンは？」

「そうか、そういえば、チェーンはかかっていなかった」山吹は言う。

「するとやっぱり、中に誰かがいたんじゃなくて、外から鍵をかけたか、それとも、鍵を使わないなんらかの方法によって外から施錠したのか」

ドアが開いて、西之園萌絵が戻ってきた。

彼女は、テーブルの同じ席に腰掛け、澄ました顔で髪を払った。

「国枝先生、戻っちゃった？」彼女はきいた。「うーん、残念。でも、今一つ、吸引力なかったかもね」

「あのぉ、ケーキは誰が食べるんですか？」加部谷は尋ねる。

「うん、警察の人がもうすぐここへ来るから、残しておいてあげて」西之園は答える。

「どう？　何か話に進展はあった？　海月君、意見はないの？」

「ありません」海月は首をふる。

「警察の人がって……、えっと、何をしに？」加部谷はきいた。

「だいぶ、さき。一時間後くらいかな」西之園は腕時計を見ながら答える。「さて、鍵を内側からかけるメカニズムについて、話していたでしょう？」

「え？　ええ」加部谷は頷く。「そうですけど、どうしてわかったんです？」

「顔に書いてある」

「え?」加部谷は頭の中が真っ白になった。「顔に? 顔って、誰の顔? どうして顔に?」

「うん」西之園は頷いた。「通じてないな。いいぞ、現代っ子」

「冷蔵庫に入れておいた方が良くない?」山吹が言った。

「え? 何を?」加部谷は頭を抱える。

「ケーキだよ」

「ああ……」ようやく話が通じて、彼女はほっとした。「そうですね。あぁあ、なんか、どきどきしてきたぁ。西之園さんと話をするのって、スリリングですよね」

「今どきは糸なんて使わない」西之園は真面目な顔で続けた。腕組みをし、脚を組み、椅子に深く腰掛けている。視線を斜め上、天井へ向けていた。きっとなにか意味のあるポーズなのだろう、と加部谷は思った。「使うとしたら、サーボモータと無線コントロール」

「そういう機械が、鍵をかけたっていうんですか?」加部谷はきいた。「うーん、ロボットコンテストに出てくるような、ああいう感じのやつ?」

「もっと小さいよ」山吹が言った。「だけど、その機械が、その場所に残っていたら全然意味がない」

「あ、そうですよね。うん、てことは、えっとぉ、その機械は、あぁ! そうか、戸川さんか白金さんが、持ち出したってことですね？　なるほど、ドアの内側に取り付けてあったのを、こっそり外して、えっと、どこで始末したんでしょう？」

「そのあたりも、ビデオを見てみないと判断できないと思う」西之園が言った。「カメラがどこまでの範囲を捉えているのか、光の具合にもよるしね」

「なんかぁ、全然密室じゃあなくなってきましたね」

「現代の技術をもってすれば、どうってことない、っていっても良いのかな」山吹が話した。「こうして考えてみると、方法はいろいろ想像できるけれど、でも、いったいどうしてこんなことをしたのか、というところへ議論がまた戻ってしまいそうですよね」

「それはつまり」西之園が指を立てる。「どうして殺さなければならなかったのか、という疑問へ行き着くし、それは結局のところ、客観的な立場から眺めたら、きっと不合理に見えるものだと思う。あれをすることで、劇的な利益を得ているとはとうてい思えない。そうでしょう？」

「少しつまらなくなってきちゃった」加部谷は肩を竦《すく》める。

「一時間後の集合にして、一旦解散しましょう」西之園は立ち上がった。「みんな、そんな暇人じゃないでしょう？」

「私は、別に何も……」加部谷は言いかける。

海月がすっと立ち上がって、ドアの方へ歩いた。そこで、振り向き、西之園に頭を下げてから、外へ出ていった。

「何、あれ」加部谷は呟く。「引き際がめちゃくちゃ潔いじゃない」

「僕も、ちょっとやりたい仕事があるから、加部谷さん、悪いね、またあとで」山吹も部屋の奥へ行く。

「恵美ちゃん、海月君をちゃんとまた連れてきてね」西之園が歩きながら言った。

「え、どうしてです？　あの人、いてもいなくても同じじゃないですか。それに、ケーキがないから、もう来ないんじゃないかなぁ」

「うん、そうかもね」西之園は振り返って微笑んだ。

8

加部谷恵美は階段を駆け下り、ロビィを走り抜けた。外へ飛び出すと、そこに海月及介の後ろ姿を見つける。彼女はさらに走って、彼のすぐ横で速度を落とした。

「追いついた」少し息が上がっている。「ねえねえ、これから、また図書館でしょう？」

「うん」歩きながら、海月は答える。

「面白い？　何を毎日調べているの？」

「特に、テーマはない」

「あ、そうなの。なにかに拘って、探究しているのかと思ったけれど」

「いや」

「じゃあ、別に急いでやらなくても良いこと？」加部谷はきいてみた。多少表現に棘《とげ》があるな、と話してから自分で思ったが。

「何に比べて？」海月はやっと彼女の方へ視線を向けた。

「えっと、えっと、えっとぉ」息を吸う。指を額に当てて考えた。「つまり、今、私と話をすることと比べて」

「どんな話？」

「えっと、えっとぉ、まあ、事件のことかな」

「事件のどんなこと？」

「一度でいいから、私ね、海月君と膝を割って話がしたい」

「腹を割るか、膝を交えて、だね、普通は」

「そうそうそうそう」加部谷は周りを見た。誰もいない。近くにベンチがあった。「ちょっと、あそこに座らない？」

二人はそこに腰掛けた。

海月は遠くを見ている目。加部谷は彼の横顔を数秒間見つめた。視線に力を込めてみたが、効果はなかった。

「どう思った？」単刀直入にきいてみる。細かいことを質問しても、きっと答は返ってこない、そういう質問を繰り返すよりは、最初に結論を教えてもらった方が良いだろう。「ビデオはまだ見てないけれど、でも、なにか気になることがあるんでしょう？そういう顔だったもの」これは嘘である。海月の顔は、いつものとおりで、まったく変化はない。鎌をかける、というのを試してみたのだ。

「道路を通っている大型ダンプに、土が山盛り積まれているのを、見たことがあるだろう？」

「え？」突然始まった話に、加部谷は面食らった。「あるけど」

「あれは、一日中ああやって土を積んだまま街の中を走り回っているもの？」

「はぁ？」口を開けた顔を彼に接近させた。「何の話しているの？」

「つまり、そういうことじゃないかな」

「どういうこと？」

「土を山盛り載せたダンプ、という存在が永久的にあって、それが姿を変えず存続し、ずっと走っているのではない。たまたま、僕たちの前を通り過ぎたとき、その姿をしているだけだ。僕たちが見ているものは、すべてそうだ。ダンプは本来、その土をどこかへ運ぶために一時だけ存在している。土はどっかで積まれ、どこかで下ろされる」

「当たり前でしょう、そんなこと」

「そう、当たり前だ。そういうこと」

「どういうことなの？」

「ものを見たとき、人間は、そのものを限定して、思考する」

「うーん、まあ、そうかな。で、それが事件とどう関係するわけ？」

「いや、関係ない」海月は首をふった。「事件に関係のあることだけが、事件の背景ではない」

「まあ、そうかもね」頷いてみたものの、意味がまったくわからない。

海月は両手をズボンのポケットに突っ込み、脚を開いて座っている。遠くへ視線を送り、なにかをじっと眺めているようだが、そちらには校舎があるだけで、特に見入るようなものは見当たらなかった。日は既に、その校舎の向こう側へ隠れている。空は充分に明るい。寒さをときどき思い出させる弱い風が吹いていた。

それでも、二人はまだベンチに座っている。

海月は立ち上がろうとしない。

どうしてなのか、と不思議なくらいだった。

溜息をつき、加部谷は上を向いた。

空がある。

「ああ、なんかさぁ、海月君と話していると、頭が薫製になりそうだよ」

「薫製？」

「そう、薫製」

「ふうん」

「ほら、鹿の頭だけとか、猪とか、古い旅館に置いてあったりするじゃない」

「あれは、剝製《はくせい》」

「そうそうそうそう、剝製よ、剝製。あれってさぁ、中身は空っぽなのよね。つまり、ああいう感じってこと？　見たままで限定してしまうっていうのは」

「そう、そのとおり」

「うわぉ」加部谷は仰《の》け反《ぞ》った。「むちゃくちゃ言ったつもりなのに、当たってた？へえ、そうかぁ、むちゃくちゃ話せば、海月君と会話ができちゃうんだ」

「むちゃくちゃ話すのは、ちゃんと話すよりも、多少高度だ」

「あ、そう……、ああ、そうかもねぇ。うーん、西之園さんのこと、どう思う？」

「え？」海月がこちらへ視線を向けた。

「あ、何、動揺してない？　どうして？　西之園さんのこと、気になる？」

海月はまたあちらを向いてしまった。

「じゃあさぁ、国枝先生のことは、どう思う？」

「よくわからない。講義は面白い」

「だよねぇ」加部谷は頷いた。「ご本人は、もっと面白いと思うけど」

また空を見上げる。

雲が高い。

「今日も、山吹さんとこに泊まるの？」

横へ顔を向ける。

海月は頷いた。

「いつまで？」

「わからない。アパートの工事が終わるまで」

「いっそのことさ、一緒に住めば？　そうしたら、お金が浮くよ」そう話しながら加部谷は自分の顔がにやけてしまうのがわかった。「山吹さんが、うんと言わない？」

「さあね」軽く流されてしまった。

何だよ、さあねってのは。

普通、否定するだろう、と心の中で叫ぶ。

「あぁあ、私も、こっちに下宿したいなあ。家に帰るの面倒だしぃ、大学にもっと遅くまで残っていたいよ。製図とかさ、夜しか仕事進まないもんねぇ。あれって、どうしてなんだろう？」

「単なる思い込み、あるいは錯覚」

「まあ、そう、そうかもしれないけれどぉ、そうずばり言われると、困る。うん……」

また、二人とも黙った。でも座っている。

「海月君、図書館、行ってもいいよ」

「話はもう終わり？」

「わからない」加部谷は首をふった。「でも、もういい」

「わかった」彼は立ち上がった。

「ありがとう」

「何が？」

「話につき合ってくれて」

海月は目で頷いた。

「あとで、また来てね。研究室……。あ、私呼びにいくよ」

彼は黙って頷き、背中を向け、遠ざかっていった。

加部谷は立ち上がり、一度ジャンプをして、重力加速度を確かめた。

生協の購買部で時間を潰そうと考える。本でも見るか、それとも、なにか食べようか……。そうだ、なにかを調べようと思ったのだけれど、何だったっけ……。

「そうそう」思わず独り言。

φという記号の意味だ。

数学の事典を見れば、載っているかもしれない。どんな意味に使われることがある記号なのか、少し興味があった。

第4章　予感と現実の摩擦あるいは譲歩について

死は人生のできごとではない。ひとは死を体験しない。永遠を時間的な永続としてではなく、無時間性と解するならば、現在に生きる者は永遠に生きるのである。視野のうちに視野の限界は現れないように、生もまた、終わりをもたない。

1

食べる方は我慢することにして、加部谷恵美は生協書籍部の数学関係のコーナで何冊かを立ち読みした。しかし、φに関するようなこれといった情報は得られなかった。そうこうするうちに、西之園萌絵から電話がかかってきた。

「ちょっと遅れそう。あと十五分くらい。海月君、一緒？」

「いいえ、図書館だと思います。でも、大丈夫、伝えられます」

「また電話する。急がなくて良いから」

本は諦めて図書館へ行き、そこにいた海月及介に伝達した。加部谷は図書館の書棚の間を歩き、再び数学の書物に挑戦したが、インターネットのように検索できるわけではない。代わりに、黴臭《かびくさ》い本のせいで幾度もくしゃみが出た。成果はなし。ロビィに出て雑誌を読んでいたら、今度はメールで連絡が入った。

急いで閲覧室の海月を呼んで、二人で研究棟へ向かう。

海月が、どうしてこんなに素直につき合っているのか、彼女には不思議に思えた。彼は、もしかして、誰かのことが好きなんじゃないか。それは、西之園萌絵か、それとも……、誰？ 間違っても、自分ではない。それは昨夜証明されたはず。少し残念だが、それは確からしい。だとしたら、残るは、西之園萌絵、山吹早月、国枝助教授。後ろの二人は、考えただけでも笑えてくる。否、笑ってはいけないかもしれない。失礼かもしれない。でも、かなり楽しい。

研究室には、山吹と西之園の他に、男が一人立っていた。愛知県警の刑事で、近藤《こんどう》と名乗った。三十代だろうか、丸いメガネをかけ、顔も丸い。大人しそうな、普通のビジネスマンの風貌である。以前に会ったことのある顔だ。

昨日の殺人事件は、もちろんまだ解決していない。捜査はさらに範囲を広げて継続中だ、と彼は教えてくれた。西之園萌絵の依頼で、殺人現場で録画されたという問題のビデオテープを持ってきた、これを皆さんで見ていただき、意見があったら是非きかせてもらいたい、ただし、ビデオで見た内容や、ビデオを見たこと自体も、絶対に秘密にしてほしい、と丸顔の近藤は説明した。

ケーキをぺろりと食べたあと、近藤は、まだ仕事があると言い残し、隣の部屋の国枝助教授に挨拶をしてから帰っていった。彼が置いていったテープはＶＨＳの普通のテープで、当然ながら、実際の証拠品からダビングされたものである。実物は、カメラに使われるもっとコンパクト・サイズのテープだったらしい。

ビデオプロジェクタに接続し、ホワイトボードをスクリーンにして映像を見ることにした。ゼミ用テーブルには、さきほどと同じ配置で全員が座った。もちろん、国枝助教授も西之園に呼ばれて、最後にやってきた。

再生を始め、全員が黙って映像を見る。

室内が映し出された。死体を見ることになるものと覚悟をしていたが、そうではなかった。六〇一号室のキッチンや冷蔵庫が映っている。

奥の左には、廊下への出入口があって、その先は暗くてよく見えない。そちらが玄関だ、と山吹が説明した。

ぶら下がっている被害者の姿はまったく見えなかった。カメラの位置は、被害者よりも後方だが、角度的に入らない。もうほんの少しカメラを右へ向ければ、そこに被害者の背中が映し出される、といった角度らしい。もちろん、カメラは微動だにしない。どこかに置かれているのか、固定されていたのだろう。

細かいもので散らかっている床の様子。動いている色とりどりのライト。しかし、誰もいない。ずっと同じ映像が流れていた。しばらく黙って見ていたけれど、しだいに、お互いの顔を見る余裕が出てくる。

「カメラで録画を開始したときには、少なくとも、カメラの後ろに人間がいたわけでしょう?」加部谷は話した。「その人、画面の前には出てこないですよね。出てきたら、ここに映るから、うーん、今も、カメラの後ろに隠れているってこと? でも、玄関へのアクセスは、あそこ、左のあの廊下のところだけみたいだし。てことは、やっぱり、まだカメラの後ろに誰かが立っている、というシーンなんですよね」

「そいつが犯人だっていう可能性が高いね」山吹が言った。

「その人の存在感みたいなのが、伝わってきませんか?」加部谷は溜息をつく。「なんか恐いですね。自分で言ってて、意味わかりませんけど」

「どこから出ていったんだろう? もし、このまま、ずっと最後まで現れないとしたら、ベランダしかないな」

「ベランダ? だって、六階ですよ」加部谷は山吹を見る。「あ……、そうか、屋上へ上がったってこと?」

「いや、それは難しいよ。庇《ひさし》が突き出ているし、梯子もない。それよりも、手摺の外側へぶら下がって、下の階のベランダへ飛び下りる、そっちの方がまだ可能性がある。身軽な人間なら、ロープがなくてもできるんじゃないかな」

「外から誰かに目撃されません?」加部谷はきく。

「それは、私、確かめた」西之園が答えた。「前のファミレスの中にいる人は、角度的に六階は見えない。四階までくらいが限界。窓に顔を近づけても庇が邪魔で無理だった。それから、表の道路まで出ると、今度は建物の陰になって見えない。奥に入っているから。むしろ、道路の反対側まで下がれば、見えることは見えるんだけれど、かなり遠くなるし、少し暗くなりつつある時刻だったでしょう? どうかな、というところ。つまり、はっきりわかるのは、マンションへ入る道か、マンションのすぐ前に立っている人になる。それは、逆にいうと、ベランダからも確認できる範囲だから、目撃されそうな場合は、避けられると思う」

「じゃあ、ベランダから下へ逃げていったってことですか?」

「さあ、それはどうかな」西之園は映像を見ながら答える。

しばらく、また沈黙。

映像にはまったく変化はない。これが数十分続く、ということらしい。つまり、戸川や白金が現れるまで、このままなのだ。

「もう、この時点では、被害者は殺されているんですよね？」加部谷は言った。

「いや、刺されても、しばらくは生きていたかもしれない」山吹が言う。やけに冷静な口調だった。

それを聞いて、加部谷は急に気持ちが悪くなった。

今回の事件に対して、初めてそういった感覚が彼女を襲った。おそらく、ビデオ映像が、実際に流れていた時間を意識させ、自分たちと同じ現実という世界に存在した生命が消えていく、そして、それを消そうとした意志、しかも、その邪悪な存在が今もどこかに存在し続けていることへの恐怖だろう。

これまで、どんなふうにして、その感情が堰《せ》き止められていたのか、それはよくわからない。ただ、その堰が、今急に壊れてしまったように思われた。

彼女は息を止め、ゆっくりと手を口に当てた。

それから、意識をして慎重に呼吸をした。

吸って、吐く。

その繰り返し。

ゆっくりと。

みんなビデオを見ているから、大丈夫、気づかれていない、と思っていたけれど、西之園萌絵がこちらを向いた。彼女は加部谷をじっと数秒間見据えた。

加部谷は左右に首を振り、無言で応える。

自分でも意味はわからない。

大丈夫、という意味なのか、それとも、その反対か。

しかし、西之園は小さく頷き、一度大きく瞬いた。

たったそれだけで、加部谷はずいぶん楽になった。

実際の生の映像ではあるが、実物は映っていない。山吹は実物を見て、何ともなかったのだろうか。そもそも、人間の死体を見て、そんなに驚く方が変なのか。

どちらだろう。よくわからない。

道路で車に轢《ひ》かれた動物を見かけることがある。みんな顔を背《そむ》けるけれど、目を逸らした瞬間に、もうなんともなくなるのは、変だろうか。想像していること、あるいは、映画やドラマで見たことと、現実の世界の自分の目の前で展開することは、どうやら同じではないみたいだ。

不思議だ。

加部谷は呼吸を整え、もう完全に復帰した。

死体を間近に見た経験が、彼女にはある。そのときは、本当にびっくりした。今でも、その映像を鮮明に再現できる。けれど、今の自分ならば、きっと冷静に対処ができるだろう。必要ならば、死体に触れることだってできる、と彼女は考えている。

少々退屈だったビデオ映像は、部屋に戸川優が現れたところで、一変した。全員の視線がスクリーンに釘付けになる。

戸川に続き、白金瑞穂も、戸口に現れた。戸川は手前に進み出て、死体を見上げている。目を見開き、放心した表情だった。二人のヒステリックな声も、鮮明に録音されていた。

加部谷は再び口許を手で押さえ、意識して呼吸を整えた。映像を観ている自分の姿を頭の中で認識する。他の者たちの様子も少し想像した。誰も、彼女を見ていない。みんなスクリーンに見入っている。

戸川が右の端へ移動した。つまり、死体にさらに近づいた。そこで彼女の躰の半分は見えなくなる。白金が叫んだ。戸川の行為が常軌を逸している、という非難だった。死体に抱きついているのだろう。はとんど見えないものの、ときどき戸川の躰の一部が映り、そのさらに右にある死体の存在を鮮明にした。

見えないだけに、余計に恐ろしかった。

もしかしてこれは、計算された演出ではないだろうか。

このカメラの構図を決めたのは、いったい誰だろう？

死体が見えるように、もう少し右にカメラを振ると、今度は左奥に映っている白金がフレームから出てしまう。部屋の広さの制限からか、カメラを設置した場所の関係からか、カメラ自体を後退させることは難しかったのだろう。

そのあとのシーンが、この作品のピークだった。

「何、それ、銀色のナイフ？」白金が言った。「それで？　それで、そんなに血が？」

戸川が何かをしようとしている。背中が曲がり、肩から下がっているバッグが揺れた。

「駄目だよ！　何してるの？」白金が叫ぶ。「抜いちゃ駄目だよ。きっと死んじゃうよ」

そして、そのあと……、

血が飛び散った。

一歩後退する戸川。

再び、彼女の全身をカメラが捉える。

顔も手も、

血、血、血。

ナイフが、戸川の手から落ちて。

一瞬だけ光を反射。

その音。

加部谷は、知らないうちに息を止めていた。苦しくなって、彼女は呼吸を再開する。鼓動も早くなっていた。

「凄い」思わず呟く。その言葉で、凄さを打ち消そうとする。「可哀相……」

西之園が振り返り、一瞬だけ加部谷を見た。

他の者は、誰もこちらを見ない。

加部谷自身も、再びスクリーンに焦点を合わせる。努力が必要だった。

何故、ナイフを抜いたりしたのだろう……、話を聞いたときには、そう加部谷は考えた。しかし今、この映像を見て、そんな疑問はナンセンスだとわかった。もの凄い説得力を感じたのだ。

血まみれの手から落ちたナイフ。

頬にべったりと血が付着した戸川優の顔。

彼女のその顔に一瞬だけ表れたのは、まちがいなく、安堵感《あんどかん》だった。

その説得力が、凄まじい。

そうしなければならなかった。

それをやり遂げた。

戸川の行動は、充分に納得がいくものではないだろうか。

愛する人間が死んでいる。

その躰から、異物を取り除いたのだ。
また、そうすることで、それができたことで、
彼女は一種の満足を得て、
そして、
後ろに立っているライバルに対する牽制《けんせい》もなしえたのである。
恍惚《こうこつ》とした一瞬の光が、あったような気がする。
凄いものを見てしまった、と加部谷は思った。恐怖というよりも、むしろ感動に近い。心が揺さぶられたことは確実だ。何に対して、どう感じたのかは、まだ整理ができないけれど。
人間の思考や感情には関係なく、時間は流れる。ビデオの中も、つぎつぎに動きがあった。もうここまで来ると、感覚の一部が麻痺《まひ》しているのでは、と加部谷は感じる。ぼうっとしているのだ。疲れたのかもしれない。それでも、スクリーンに映し出される映像から、目を離すわけにはいかなかった。

2

インターフォンが鳴って、戸川優と白金瑞穂が本当に驚くシーンでは、見ている加部

谷もびくっと躰が震えてしまった。

「ああ、凄い臨場感がある」彼女はおどけて言った。

誰も反応してくれない。

白金が玄関の方へ向かった。戸川もそちらへ近づこうとしたが、立ち止まり、反対方向へ歩いていく。彼女の姿はそこで見えなくなった。窓の方へ行ったようだ。

「外を見にいったんだね」山吹が言う。「カーテンに血がついていて、触った跡があった」

玄関は映像でははっきりとは見えないものの、廊下が明るくなったため、ドアが開いたことはわかった。

戸川が、再び現れ、また部屋の途中で立ち止まり、こちらを見る。視線は明らかに死体へ向かっていた。数秒間、彼女は死体をじっと睨む。

玄関での佐藤と白金のやり取りが聞こえてくる。その声もちゃんと録音されていた。

戸川が玄関の方へ出ていった。スクリーンにはもう誰も映っていない。

戸川と白金の会話のあと、玄関の戸が閉まる音がする。

声は聞こえなくなり、静かな室内に戻った。

「戸川さんが、五階へ、僕を呼びにいったんだ」山吹が説明した。少し掠《かす》れた声で、彼は咳払いをした。

「ごめん、静かに」西之園が片手を出して囁く。

映像に変化はない。音も聞こえない。

もしかして、西之園は、誰かがまだ部屋にいる、と考えているのだろうか。戸川と白金が外へ出ていったあと、誰かが活動している、というのだろうか。

しかし、そういった兆候はなかった。変化のない映像がそのあともずっと続いた。そして、突然ドアの音がして、山吹が部屋に現れた。

緊張した彼の顔が、なかなか加部谷には新鮮だった。最初は少し笑ってしまったけれど、すぐに自分も、その真剣さに引き込まれた。山吹は、方々へ移動し、窓や寝室も調べている様子だった。

「うん、格好いい」西之園が微笑んだ。「冷静だね」

「良かった、ちゃんとしてて……」山吹は溜息をつく。「カメラがセットされているなんて、知らないから……。どこに隠されていたんですか？」

「さあ、聞いてない」西之園は首をふった。「でも、カモフラージュされていたんでしょうね」

「明らかに、隠し撮りをしようとしたわけですね」加部谷も話す。「趣味が悪いですよね」

「趣味の良い悪いなんて、もうとっくに超越しているよ」山吹が鼻から息を漏らす。

「山吹君の登場で、もう終わりと見て良いわね」西之園が言った。「このあとは、警察が入ってくるだけ」

「うーん、結局、何もわからなかったわけですよね」山吹が目を細める。「不審な者は映ってないし、戸川さんたちの行動も、話していたとおりだったし、鍵を引出や寝室へ戻すなんてことも、できなかったわけです」

「でも、一度、右の方へ、完全に消えた場面がありましたよ」加部谷は指摘する。

「ああ、窓の方へ行ったとき」

「あのとき、頭を下げて、カメラの下を通れば、左の寝室へ行けたんじゃないですか？ そっと忍び足で」

「時間が全然足りないよ」山吹は首をふった。「見えなくなっていたの、せいぜい、五、六秒じゃなかった？ あの時間で、寝室へ行って、そこに鍵を置いて、また戻ってくるなんて、とても無理だよ」

「えっとね……」溜息をつくように、国枝が片手を上げた。「いい？」

「ええ、先生、もちろんです」山吹が姿勢を正す。

「ビデオテープはデジタルなの？ 私たちが見たものが改竄《かいざん》されていない証拠はある？」

「ああ……」山吹は口を開けて感心した顔になった。

「デジタルではありません」西之園が答えた。「発見されたときも、カメラは録画の状態になっていたそうです。途中でカメラを停めれば、映像が一瞬不連続になりますから、たとえ静止したものを撮影している場合でも、記録映像を見れば、中断したことはわかります。それに、時刻のカウンタも残っています。そういった不連続な部分はなかったと聞いています」

「となると、うん」国枝は表情を変えずに言った。「多少は、不思議に思っても、まあ平均的感覚だと認めても良い状況だということね」

「国枝先生のお言葉にしては、極めて柔軟だと思います」西之園は早口で言い、そして微笑んだ。

「このロスタイムが取り返せるだろうか、と今考えている」国枝は立ち上がり、詩を朗読するような口調で言った。「ばいばい」

テーブルから離れ、国枝が隣の部屋に消えるまで、誰も口をきかなかったが、その間、西之園は口に手を当て、目が百パーセント笑っていた。山吹も下を向いて笑いを堪えているようだ。加部谷も多少は可笑しかったが、それほどでもない。隣の海月を見たら、目を瞑っていた。寝ていたのかこいつは、と彼女は思った。

「さてと、私も仕事に戻りましょう」西之園が陽気に言った。「楽しかったね」

「楽しかったですかぁ？」加部谷は溜息をついた。「いやあ、でも、いろいろと考えさせられましたねぇ」

「たとえば、どんなことを？」山吹がきいてくる。

「ちょっと、ごめんなさい」窓際で西之園が言う。「おしゃべりするなら、どこか別のところでしてね」

「はぁい」山吹は立ち上がった。

加部谷と海月も席を立ち、それぞれバッグを持って、部屋の外へ出た。

「西之園さん、我が儘ですよね」小声で加部谷は言った。

「ほら、言った、言った」山吹が指をさす。

「海月君、今夜も山吹さんのところで、お料理するの？」

「カレーがある」海月が答える。

「あ、あれ、今朝食べた」山吹が言った。「まだ、どうかなあ、二人分は、ぎりぎりってとこかな」

「ちぇ」加部谷は口を尖らせる。「くそぅ、拒絶されているぞ、加部谷」

「まあ、また今度ね」山吹が明るく言った。

この明るさがとても鋭く突き刺さるのだよな、ナイフみたいに、そして、今の一撃で、私の胸は血まみれ……、と加部谷は想像した。

3

山吹と海月は、図書館が閉館になるまで閲覧室にいた。山吹は、ゼミの資料の英訳の続き。海月は大きな古い本を広げていたが、何の本なのかは山吹にはわからなかった。座った席が五メートル以上離れていたからだ。

図書館を出て、正門の坂を下っていくと、近づいてきた人物が帽子を脱ぎ、挨拶してきた。躰を揺する特徴のある歩き方だった。

「どうも、こんにちは。山吹さんですね？」掠《かす》れたような高い声だった。

「あ、ええ、そうですけど……」

「私は、こういうものです」

差し出されたのは名刺だった。

《赤柳初朗》という名前、肩書きは《探偵》とある。

「探偵……」山吹は呟いた。

「そうです、探偵です」

「この名前は、何て読むんです？」

「アカヤナギ、ハツロウ」

「ハツロウ？」山吹は眉を顰める。「ウイロウかと思いました」

「よく言われます」

赤柳は帽子を被り直した。ソフトスーツにネクタイ。しかし、上等そうには見えない。皺が寄っている。口髭と顎髭がつながっていて、少し灰色だった。年齢は五十代だろうか。背は低く、体格は華奢である。胡散《うさん》臭さが充分だったが、相手を威嚇《いかく》するような雰囲気はまるでない。目尻に皺を寄せて、赤柳はじっと山吹を見つめている。

「で、何ですか？」

「お話を伺いたい」

「何の話です？」

「そこに、腰掛けて話しませんか？」

「ええ、少しだけだったら」

「はい、すぐに済みます」赤柳は、海月の方を見た。「お友達も、一緒にどうぞ」

図書館の前の広場、その端の木陰にコンクリートのベンチがあった。三人はそちらへ歩く。

「探偵って、いるんですね」山吹は話す。

「ええ、細々《ほそぼそ》と」赤柳は苦笑いして頷いた。

三人は、ベンチに腰掛けた。真ん中が山吹である。

「服部《はっとり》マンションのオーナから依頼されて調べております」赤柳が切り出した。

「服部マンション？」

「はい、昨夜、殺人事件があったマンションです」

「ああ、あそこ、そういう名前なんですか。それじゃあ、大家さんが服部さんなんですね？」

「いえ、黒澤《くろさわ》さんとおっしゃいます。ちゃんと名前を出して、きちんとお話をするように、と言われてきました」

「はあ？」

「いろいろと昨夜の事情を聞いて、黒澤さんは、山吹さんに大変申し訳ないことをした、事情を説明してご理解を得たい、とおっしゃっているのです」

「何の、ですか？」

「つまりですね、その……、黒澤さんも、あのマンションのオーナになってまだ日が浅いのです。すぐ近くにお住まいでもありませんし、それで、あのようなことになったと……」

「えっと、どういうことですか？」

「はい、つまり、管理人をきちんと決めていなかったわけです。元のオーナが、あそこを手放したため、そのオーナの親類だった管理人も出ていってしまいました。その部屋へ舟元さんが引っ越してきた。それで、臨時で、管理人が持つべき鍵を舟元さんに渡してしまった。すぐに手を打つべきだったのですが、なかなか管理会社との折り合いがつかず、時間が過ぎてしまった、という経緯なのです」

「ああ、なるほど、ちょっとわかりました。大家さんとしては、なにか責任が生じるのですね？」

「そういうことです。そちらにも、ご迷惑をおかけしたわけですから、謝罪をしたいと」

「舟元のところへは、行ったのですか？」

「ええ、もちろんです。そうしましたら、迷惑を被ったのは、山吹さんの方だっておっしゃいましたので、こちらへ伺った次第です」

「大学へ？　わざわざ……」

「ご自宅の方へ参りましたところ、お留守だったので、きっと大学だろうと」

「でも、よく場所がわかりましたね」

「いえ、聞いて聞いて、研究室まで伺いましたら、たぶん、図書館だと、あの……、女性の方が教えてくれました。綺麗な方です」

西之園のことだろう。事情はわかった。

「ええ、わかりました。別に、僕は文句を言うつもりはありませんから……。もしかして、殺人事件の容疑者として捕まったりしたら、恨むかもしれませんけどね」

「ですから、そういうことのないように、お願いをしたいのです」

「冗談ですよ。ええ、大丈夫です、ご安心下さい」

「どうもありがとうございます」深々と頭を下げたように見えたが、赤柳は足許の紙袋の中から何かを取り出した。封筒だった。「これは、ほんの気持ちでございますが、お受け取り下さい」

「え、何ですか？」

「ビール券です」

「へえ……」山吹は手を出せなかった。「買収ですね」

「いえいえ、まさか」赤柳は微笑んだ。「これくらいのことで買収なんて言っていたら、人間関係のほとんどは贈収賄ですよ」

オーバなことを言う奴だ、と山吹は思う。

「正直に申しまして、私も、黒澤さんは心配のしすぎだと思いました。それから、貴方がこれを受け取っても、何の証拠も残りませんし、将来これが貴方の不利になることもありえません。私が保証します。どうせですから、もらっておきなさい」

最後は諭《さと》すような口調になった。

山吹はビール券を受け取る。今晩、海月と飲もうと考えた。そう考えると、少し元気が出てきた。現金なものである。

「ところで、えっと、赤柳さんは、どうして、大家さんから、こんな依頼をされたんですか？」

「はい、私も、あのマンションの住人でして、たまたま黒澤さんの知り合いだったのです。過去に、依頼を受けて仕事をしたことがありましたので」

「どこの部屋ですか？」

「五〇二です。舟元さんのお隣ですよ」

「なんだ、そうだったんですか。昨日はいらっしゃいました？」

「いいえ、生憎《あいにく》」

生憎だろうか、と考える山吹である。

「あ、じゃあ、上の六〇二の人をご存じですか？」

「えっと、馬岡《うまおか》さん、ですね」赤柳は答えた。

「若い人です。少し日焼けしてるのか、色の黒い」

「ええ。煩いんですよ、あそこ、毎晩ね」

「え？　何がですか？」

「音楽」赤柳は眉を寄せる。「どんどん響きましてね。舟元さんところへは聞こえないのかな。大きな音です。音楽をずっと鳴らしていましてね。えっと、でもどうして、馬岡さんのことを？」

「いえ、その人を、ちょっと見かけたので」山吹は言葉を濁した。

今朝、ベランダにいた人物だ。目が合った。別にどうということはないのだが、なんとなく気になっていた。

「探偵だったら、事件の調査とかも、するんですか？」

「まあ、依頼されれば」簡単に赤柳は答える。「しかし、事件が解決することで、利益を得る人間じゃないと、わざわざ料金を払おうとは思わないでしょうから、今回のような事件では、仕事として成立する可能性は薄いです」

「だけど、被害者の遺族なんかは、犯人を見つけ出したいって、考えるんじゃありませんか？」

「そうですね」赤柳は頷いた。「しかし、仕返しができるわけでもありませんし」

赤柳は、山吹に顔を近づけ、覗き込むようにして微笑んだ。髭の間に白い歯が覗いた。目は少し茶色だと、このときわかった。

「依頼がなければ、調査はしないんですか？　独自に調査したりはしない？」

「ええ、しませんね。これは仕事ですからね。趣味ではありません」

「儲《もう》かりますか？　探偵なんて職業、テレビや小説だと、よく出てくるけれど、実際にいるとは思いませんでしたよ」

「ええ、細々となら、食べていけますよ」

「どうやって就職するんですか？　探偵の会社があるんでしょう？」

「ちょっとした企業もありますし、私のような個人経営もあります」

「そうか、興信所っていうのがありますよね。いろいろ内緒で調べたりする。あれも、探偵ですね？」

「同業ですね」

「事件のこと、詳しくご存じですか？」山吹は話題を変えた。自分がきかれた分、こちらも質問して取り返してやろう、という気持ちだった。

「ええ、多少は……。その、仕事柄、警察に知り合いが何人かいますのでね。山吹さん、何かお知りになりたいことがあるのですか？」

「そういうの、きくのは、ただですか？」

「はい、無料です」

「警察は、誰を疑っているのか、ということですね、一番知りたいのは」

「まだ昨日のことですよ。こういうのはですね、時間がかかるもんです。たとえ自明のことであっても、それを逐一確かめていく。最低でも一週間はかかりますね」

「誰かが、自首しないかぎり、ですね」

「いえ、たとえ自首しても、すぐに逮捕するわけにはいきません」

「そういうものですか」

「さて、では……、失礼いたします」赤柳は立ち上がった。「そちらの君、大人しいですな」

海月は無言で軽く頷いた。聞こえてはいるぞ、という意思表示だろう。

「なにかあったら、名刺の電話番号かメールアドレスへ」赤柳は頭を下げてそう言うと、くるりと背中を向けて立ち去った。

彼の独特の歩き方が、何に似ているか、山吹は数秒間考えた。そうだ、糸で吊ったマリオネットだ。

4

二週間が過ぎた。

それぞれに生活があり、仕事があり、しかし、大きな振幅もなく、時間が滑らかに流れた。

土曜日の午後、山吹早月は研究室のゼミ机に足をのせて椅子に座り、漫画を読んでいた。一仕事終わったため、今日はもう研究のことは忘れて、帰ったらケーブルで映画を観ようと決めていた。こんな格好でリラックスしていられるのも、今日は国枝助教授がいないためである。

あの事件は、世間では「芸大生殺人事件」という省略名称で呼ばれるようになっていたが、テレビを賑《にぎ》わせたのは、最初の二日間くらいで、新たな情報が入らないためか、たちまち静かになってしまった。

西之園萌絵は、警察からの情報を得ているようだった。殺された町田弘司は、戸川優とも白金瑞穂とも親しく、また、もう一人、新聞配達のバイトをしていた岸野清一《せいいち》も、グループの一員だった。四人で行動をともにすることは過去に幾度もあったらしい。それが、半年まえ頃から、戸川と白金の仲が悪くなり、一緒に遊ぶことがほとんどなくなった。仲が悪くなった理由は、町田を巡ってのことだったらしい。こういった内容を、彼女たちは供述している、という。

一方では、町田のことを恨みに思っている人物が誰かいなかったか、との問いに、戸川も白金も、岸野の名前を挙げたらしい。これは、彼女たち二人ともが町田一人に熱を上げたことによる。それに、グループで集まる機会がなくなったことを、岸野は自分が仲間外れにされたと勘違いしているみたいだ、と彼女たちが話したようだった。

だが、当の岸野は、町田のことを悪くは言わない。むしろ、彼女たち二人が連《つる》んで町田を殺したのではないか、と警察に話しているという。どうして、彼女たちにそんな動機が存在するのか、と尋ねられると、町田のことだから、きっと別のもっと可愛い女を見つけたにちがいない、と岸野は答えた。

そういった情報が西之園を通じて、世間話のような自然なレベルで伝えられた。山吹は当然、それを加部谷や海月に話した。ここまでは、情報を共有しても良い範囲だろう、と彼なりに認識していたし、それは加部谷や海月も充分に心得ているはずだ、と信じていた。

舟元繁樹とは、その後一度だけ電話で話した。警察が何度も来て、わりと時間を取られて面倒だ、室内の再検査もあった、ベランダに鑑識の人間が来た、しかし、生活には支障はない、バイトも普通にしている、マンションの近辺のマスコミの数もぐんと減った、警察の人間を見ない日もある、と舟元は話した。

それから、舟元の隣に住んでいる探偵の話になった。お互いにビール券をいくらもらったかを確認し合った。さきに舟元が言い、山吹が答え、同額だった。舟元は、赤柳という人物に会ったのは初めてだったという。黒澤という名前のマンションのオーナにも、舟元は直接会ったことはないという。

六〇二で夜になると音楽を鳴らしている男の話も出た。舟元は、こちらはよく知っていて、音は彼の部屋でも聞こえるくらい煩いらしい。隣だったら、もっと聞こえるのでは、と彼は言った。ただし、町田の六〇一号室は、間に階段とエレベータを挟んでいるため、壁一枚ではない。むしろ煩いのは反対の六〇三ではないだろうか。

話の後半は、事件とは無関係で、就職のこと、大学のこと、研究室のことなどに及ぶ。また、近いうちに会おう、ということで電話を切った。

ドアがノックされたので、返事をして、机から足を下ろす。この部屋のドアをノックするのは、身内ではない。部外者である。

ドアが少しだけ開き、加部谷恵美が顔を覗かせた。

「らら」彼女は山吹を見つけて言った。

「何、ららって」

「あららの、あがないやつ」加部谷は部屋の中に入ってきた。「一人ですか？　国枝先生もいない？」

「うん、いない」

「なあんだぁ、西之園さんに会いたかったなぁ」

「もしかしたら、来るかも」

「お忙しそうですか？」

「さあね」

「漫画読んでいましたね」テーブルに伏せてある漫画雑誌を加部谷は見た。「山吹さんは暇なんだ」

「休憩だよ。でも、今日はもう、帰ろうかと思っていたとこ」

「海月君と？」

「いや、彼のことは知らない」

「もう、一緒に住むの、破綻したんですか？」

「あいつのアパートの工事が終わっただけだよ」

「ふうん」加部谷は椅子に腰掛けた。「事件の話は？　何か進展とかありません？」

「うーん、ないなあ。あるのかもしれないけれど、僕まで情報が伝わってこない。あるいは、既に犯人はわかって、誰かが取り調べを受けているのかもしれないし」

「それだったら、西之園さんが教えてくれるんじゃないですか？」

「そう？　いや、どうかな」山吹は両手を挙げて、椅子をリクライニングさせる。「ああ、さあさあ、帰ろう。ああ、目が疲れた」

「勉強のしすぎ？」

「加部谷さんたち、もうそろそろ製図の締切じゃないの？」

「私はもう終わりました。軽い軽い」

「へえ、そう。凄いね。海月は？」

「さあ」加部谷は首をふった。「知りませんよ、そんな、人のこと」

「ふうん」

「ねえ、山吹さん、相談にのってほしいんですけどぉ」

「何？」

「私、大学の近くに下宿しようと思ってて、ちょっと探してみようかなって」

「探したら？」

「うわぁ、冷たい」

「いや、だって、僕、不動産屋じゃないし」

「どこか良いところ、知りません？」

「知らないよ、そんな」

加部谷は口を尖らせて黙った。

「お金は大丈夫なの？　そんな部屋を借りたら、一ヵ月に何万円もかかるよ」

「それくらい知ってます」

「どうするの？」

「バイトをする」

「へえ、バイトは、もう決まっているの？」

「いいえ、それも、これから探そうかなって」

「バイトをする時間があるなら、その時間で電車に乗って自宅から通った方が良い気がするけどなあ」

「あらま、お母さんと同じこと言われちゃった」

「まあ、常識的に考えて、妥当な判断だと思う」

「是非、家を出るべきだ、自由があるよ、青春があるよって、言わないんですか？」

「そんなものないから」山吹は笑った。「だってさ、あと数年したら、どうせ就職して、遠くへ行かなくちゃいけないかもしれないんだよ」

「もういいです」加部谷は手を広げた。「わかりました。はい」

「飲みたかったら、冷蔵庫にウーロン茶があるよ」

「いえ、けっこうです。今日はこれから、山吹さん、何をするんですか？」

「うーん、家に帰って、食事をして、映画でも観ようかなって」

「映画？　テレビで？」

「うん」どう答えようか、と山吹は一瞬困った。

ところが、ここで、ドアが小さくノックされた。か細い音だった。

「はぁい、どうぞぉ」山吹は答える。

少し遅れてドアが開く。現れたのは、白金瑞穂だった。

これには、山吹は驚いた。まず、その女性が白金だと認識するのに三秒くらいかかってしまった。もちろん、事件の当日しか彼女を見ていない。そのときは、悲壮な顔をしていた。ほとんど手で顔を覆っていた、といっても良い。今の彼女は、そのときとはずいぶん違った印象に見えた。色白で長身、黒っぽいスカートに茶色のジャケットだった。

「こんにちは」白金は頭を下げる。それから、加部谷を一瞥してから、遠慮がちにきいた。「あの、いいですか？」

「ええ、どうぞ」山吹は立ち上がっていた。「あ、でも、どうして、こちらへ？」

「山吹さんに会いに」

山吹は椅子を用意するため動こうとしたが、背中に抵抗を感じた。振り返ると、加部谷がシャツを引っ張っている。

「誰？」という無声の口の動き。

「ああ、あのね、ほら、白金さんだよ」山吹は慌てて説明した。どうして慌てなくてはいけないのか、不思議に思いながら。「えっと、このまえの事件のこと、君にも説明しただろう？」後半は、演技である。ビデオを見たことは内緒にしなければならない。

加部谷は目を丸くして、白金をまじまじと見た。そして、その驚きの表情のまま、山吹の方へ視線を向けた。あちらで一旦フォーカスを合わせて、こちらを同時にフレームに入れて撮る、というような目線だった。ビデオに映っていた白金瑞穂とは、印象がそれほど違っていたのだろう。まさか、この場所に現れるとは思ってもいないはず。目の前の女性が、白金だと気づかなかったらしい。

「どうぞ、座って下さい」山吹は言った。「お茶でも出しましょう。あ、あの、こちらは、僕の後輩で、加部谷さんです。なんとなくここにいるだけです。彼女がいても、よろしいですか?」

「え、ええ……」白金は頷いた。

5

加部谷恵美はグラスにウーロン茶を注いだ。屈辱的な仕事ではあったけれど、いたしかたない。出ていけと言われなかっただけ、幸運と考えよう。ここは大人しくしているしかない。白金瑞穂は、想像していたよりも多少美人で、最初に部屋に入ってきたときには、山吹にこんな知り合いがいたのか、という思いから、頭の中でボウリングの玉がぐるぐると回転して振動が躰に伝わりそうだった。躰の中の血の半分は頭に上ったのではないか。しかし、もう大丈夫、今は落ち着いている。こういうときにこそ、頑張らなければ。

「粗茶ですが」加部谷はグラスを白金の前に置いた。ウーロン茶は粗茶だろうか、と疑問に思ったが、どうせ相手だって意味はわからないだろうから、気にすることはない。

白金は、緊張した面もちで座っている。山吹の前にもグラスを置き、加部谷は彼の隣の椅子に座った。

「誰に、僕のことを聞いたんですか?」

「舟元さんです」

「ああ、あいつか。でも、わざわざ、こんなところまで来るなんて……」

「いえ、あの、私の家、この近くなんです。C大と聞いたので、土曜日ですけど、もしかしたら会えるかなって」

「で、どんなことですか？」

「あの日は、私、とてもびっくりしてしまって、その、気が動転していたと思うんです。だから、きっと、山吹さんに、いろいろ失礼をしたんじゃないかって」

「いえ、そんなこと、全然」山吹は首をふった。

「私と戸川さんが、仲が悪い、と思われたでしょう？　いつも、あんなふうにぴりぴりしているわけじゃありませんけれど、でも……」

「しかたがないですよ、あんなことがあったら……」

「いえ、私、あの人と一緒にいるだけで、気が立ってしまって」

「戸川さんのことですか？」

「そうです」彼女は頷き、決意をしたように唇を噛んだ。「あの、実は、警察にも、言いだせずにいて、ずっと、どうしようかって、自分だけで考えていたことなんですけど、とても気持ちが悪くて、やっぱり誰かに話さなくちゃって思ったんです。それで、山吹さんが一番聞いてもらえそうな気がして……」

沈黙。

山吹も黙っていた。彼は、白金を静かに見つめている。真面目な顔だ。真面目な顔のときが一番良いな、と加部谷は山吹の横顔を評価する。

「一ヵ月くらいまえのことですけれど、戸川さんが、私に見せてくれたものがあるんです」白金が話す。「大学の講義室でした。講義が終わったときに、ちょっといいもの見せてあげるって、彼女が言うから、何だろうって思ったら、それが、彼の部屋の鍵でした」

「鍵？ 電子ロックの？」山吹が尋ねる。

「そういうんですか？ とにかく、町田君の部屋の鍵だって、戸川さんは言いました。私は、その鍵を見たことがなかったし、どうせ嘘だろうと、そのときは思ったんです。でも、あの日、山吹さんが、あの部屋を開けてくれたじゃないですか。あのとき、鍵を見て、同じのだったってわかったんです」

「えっと、まず、ちょっと見ただけで、その鍵だってわかるようなものじゃないですよ。小さな磁石が沢山付いているだけで、形はどれもほとんど同じです。だから、戸川さんが持っていた鍵が、本当に町田さんの部屋のものだったかどうか、わからないのでは？」

「それは、もちろん、そうかもしれませんけれど」

「もし、本物だったとしたら、なにかそれが重要なことになるのですか？」

「ええ、戸川さんは、町田君の鍵を持ち出していたんです。それで、そのときに合い鍵を作ったと思うんです」

電子錠は簡単に合い鍵が作れないのではないか、と加部谷は思った。しかし、もちろんここは黙っている。自分の口にファスナをする動作を実際にしそうになって、下を向いて誤魔化した。

「それで？」山吹が話を促す。

「あの日……」白金は目を細め、遠くをみるように、少し顔を上に向けた。「戸川さんは、私を呼び出しました。町田君のマンションの前で待ち合わせをしました。私が来たときには、もう戸川さんはそこにいました。きっと……」彼女は無表情のまま、そこで息を吸い、次に出る言葉を確かめるように、一度瞬いた。「きっと、町田君を殺したあとだったんじゃないかって」

「そのとき、合い鍵を使った、ということですね？」

「そうです。それで、私を証人にするために、呼び出しておいたわけです。一緒に、彼を発見するように、全部彼女が計画したんだと思います。だからこそ、そう、戸川さんはナイフを抜いたんです。私が見ている目の前で。あんなことができるなんて、絶対に、変だと思う。自分が殺したからできたんです。自分が使ったナイフだったんです。

それで、自分の指紋が残っている。それを誤魔化すために、もう一度ナイフを握って、引き抜いたんです」

白金はそこで黙った。加部谷の顔をちらりと見て、すぐに下を向いてしまった。もう話すべきことはすべて話した、という達成感なのか、目を瞑《つむ》り、ゆっくりと溜息をついた。再び目を開けても、しばらく下を向いたままだった。

山吹も黙っていた。彼はじっと白金を見つめていた。同情しているのだろうか、それとも、まだ警戒しているのだろうか。

「私、触っちゃ駄目だよって、言ったんです」白金はこちらを向き、山吹と加部谷を見た。「変だと思いませんか?」

「いや、よくわかりません、僕には」山吹は首をふった。「でも、戸川さん一人で、町田さんをあんなふうにできるかなあ。部屋には、椅子くらいしか台はなかったし。人間の躰って意外に重いんですよ。持ち上げて、ロープで手を縛るなんて、短時間でできたでしょうか?」

白金は山吹を見据えたまま、幾度か瞬いた。そんなことまでは考えてもいない、という顔に見えた。

「そうか、つまり、戸川さんと、岸野君が?」白金が呟いた。「そんな……、いえ、まさか、そんなことは……」

「別に、岸野さんとは限らないのでは?」山吹が尋ねる。「どうして、そう考えるんですか?」

「いえ、わからない」白金は下を向いて、ゆっくりと左右に首をふった。「全然わからない」

また沈黙の幕が下りた。

山吹がようやく加部谷の方を向いた。久しぶりに眼差しを交わすことになって、彼女は、難しい顔、というのを作ってみせた。困ったね、という意味だ。通じただろうか。

白金はまだ黙っている。

「僕に言いたかったことは、それだけですか?」山吹はきいた。ずいぶん、素っ気ない言い方ではないか、と加部谷は思う。

「ええ」白金は頷き、顔を上げた。「ありがとう。もう、これだけです」

「あの、僕は、どうすれば良いでしょう? どうしてほしいですか?」

山吹の質問に、白金は黙って首を傾げた。

「今聞いた話は、警察は知らないわけですよね。僕から、警察に言ってほしい、ということですか?」

「私は……、警察なんて……、その、どちらでもいいんです。関係ありません。町田君を殺した人が逮捕されても、されなくても、私には関係がない。それで、町田君が生き返るわけじゃないし」

「では、話しても良いですね?」

「ええ、別に、ご自由に」彼女は、横目で加部谷を睨んだ。こいつが聞いていたじゃないか、と言いたいのだろう。もっともな話である。

白金は立ち上がった。つんと澄ました表情で、ここへ来たときよりも、むしろ機嫌が悪そうに見えた。感情を遮断したのかもしれない。泣きだすのを堪えている、というふうにも見えた。

黙って頭を下げ、白金瑞穂は部屋から出ていった。

6

すぐにドアが開き、入れ替わりで海月及介が現れた。

「あ、珍しいなあ」山吹が明るく言う。「どうした?」

「外に、刑事が二人いた」海月はいつもの口調で答えた。「正確には、刑事とおぼしき男が二人」

「白金瑞穂が、今ここに来ていたんだよ」

「知っている」

「あ、海月君、もしかして、聞いていたんでしょう」加部谷は、グラスをシンクで洗っていた。「盗み聞きだ」

「いや」海月は言う。「聞こえなかった」

「うーん、そうかぁ」山吹が大きな溜息をついた。「彼女、刑事にずっと尾行されているんだね。で、何を言いにきたかを、要約すると……」

「戸川が殺した」海月が言った。

「そうそうそう。戸川さんが合い鍵を作って、殺したあと、それで施錠した。発見するときには証人が必要だったから、白金さんが呼ばれた。ナイフに指紋が残っているのを誤魔化すために、ナイフにもう一度触り、それを引き抜いた」

「そんなことするなら、刺したあと、すぐにしたら良いじゃないですか」加部谷が戻ってきて椅子に腰掛ける。

「抜いたら血を浴びるから、じゃないかな」山吹が言った。

「それじゃあ、指紋だけ拭き取っておけば良いでしょう？」

「胸に刺さったままのナイフを？」

「うーん、そもそも、手袋くらいしておけよって思いません？」

「そりゃあ、そのときはできなかったんだよ。手袋なんか、なかったかもしれないし、そんなのしてたら、滑ってナイフが摑めない、と思ったかもしれないし」

「うーん、じゃあ、今の白金さんの話、山吹さん信じたんですか？」

「そんなことは言ってないよ。情報としては面白い。頭から嘘だと決めつけるほど、非現実的でもないし、妥当性も低くない。ただ、そう評価しただけ」

「よくわからないけれど、それって、信じたってことじゃないかしら」加部谷は口を尖らせる。「複雑な言い方してるだけみたいに思いますけど」

海月が椅子に座った。山吹を見て、それから加部谷を見た。なにも言わなかったが、二人が喧嘩をしているように見えたのかもしれない。

「すみません」加部谷が突然頭を下げた。

「え？　何が？」山吹は笑った。もちろん、わかっていたが、とぼける方が良いと彼は思った。「久しぶりに三人揃ったから、なんか食べにいこうか？」

「あ、いいですね、それ」加部谷は背筋を伸ばす。「加部谷は、ＯＫですよ。海月君は？」

「うん」彼は頷く。

「あ、そうだ。どうせなら、あそこへ行こう」山吹は指を立てる。「現場のマンションの前にあるファミレス」

「どうやって行くの？」

「電車」山吹は答える。「駅までは……」

「私は自転車」

「僕はバイク。海月は？」

「バス」

「じゃあ。駅で待ち合わせよう」

「オッケィ！」加部谷が元気良く立ち上がった。

7

その三十分後、大学の最寄りの駅。

改札の前に三人は集合した。一番早かったのは当然ながら山吹で、最後が海月だった。三人はJRの電車に乗り、二つ目の駅で降りる。そこからは歩いて二十分くらいの距離だった。

太陽はもう低くなっている。冷たい風がときどき忘れた頃に吹き、空を見上げると、絵の具で書いたようにくっきりとした雲が動いていた。

「雨が降らないかなぁ」歩きながら加部谷は言う。「傘持ってないし、食事のあと、雨が降っていたら、駅までどうしよう？」

しかし、山吹と海月は、彼女の言葉には無反応。海月はともかく、山吹はなにかを考えている様子である。

　ファミレスの手前に立体駐車場のあるショッピングセンタがあった。そこから道路がカーブしている。途中で信号を渡り、反対側へ渡ると、ファミリィレストランの看板が見えてきた。道路沿いに低いビルが建ち並んでいるため、その後ろの建物はなかなか見えてこない。レストランの後ろにあるはずの六階建てのマンションも、歩道の上を歩いているうちは見えなかった。脇道の車道を横断するとき、ようやく、奥に問題の建物が見えた。三人は足を止めて、しばらくそれを眺める。

「近くまで行ってみる？」山吹がきいた。

「ええ。でも、警察とか、いない？」加部谷は尋ねる。

「さあ、どうかな」山吹は歩き始める。「いたら、この辺に車を駐めているはずだけど」

　自動車は沢山路上駐車されていたが、普通の乗用車ばかりで、警察のものではなさそうだった。レストランを左に見ながら、道を奥へと進む。マンションが近づいてきた。

　六階建てといっても、一フロアがかなり低いため、それほど大きな建物という印象はない。単身者用のマンションで、一戸のスペースも小さい。エントランスのすぐ手前まで来て、茶色とオレンジの中間のような色合いの建物を三人は見上げた。もちろん、一番上の右端、六〇一の辺りへ視線は自然に集中する。こちら側がほぼ南に当たる。それぞれの部屋のベランダが並んでいた。エントランスのある部分だけが、階段室とエレベータがあるため、高さのずれた窓が並び、左右のベランダの間隔が広い。

「もういい」加部谷が戻ろうとする。「あんまりじろじろ見ていたら……」

そのあとの言葉は聞き取れなかった。迷惑になる、と言いたかったのだろうか。実害はないのでは、と山吹は思ったが、引き返すことにする。

三人は来た道を戻って表へ出てから、レストランへ入った。店内は空いていたので、禁煙席で北の窓際のテーブルを選んだ。そこから、現場のマンションが見えるからである。

熱いおしぼりで手を拭きつつ、メニューを広げ、三分ほどは料理の写真に集中し、オーダを決めた。誰も、アルコールは頼まなかった。まだ外は明るい。メニューを持ってウェイトレスが戻っていった。

「もう、すっかり普通ですね」頭を少し下げ、窓からマンションの上の階を眺めて、加部谷が言った。もっとも、西之園が話していたとおり、角度的に六階は見えない。「でも、どうして私たち、こんなところへ来たんでしょう?」

「うん」珍しく海月が声を出して頷いた。

加部谷が驚いた顔で、海月を見た。海月はなにも言わない。

「なんとなく、気になるからだよね」山吹は代わりに答える。「特に、僕は関係者なんだし。君たちは、関係者じゃないけど」

「無関係者」加部谷はそう言って、そのあと吹き出して一人でくすくすと笑った。

「さっきの、白金さんの話、どう思った？」山吹が真面目な顔で加部谷を見た。

「えっと、そうですね……」加部谷は笑うのを切り上げ、息を吸った。頭よ回れ、のスイッチを押したみたいだ。「言っていることは、まあもっともらしいかも、とは思いましたよ」

「どうして警察に言わずに、僕に話しにきたんだろう？」

「そこは不思議」加部谷は即答した。「なんか、下心がありそうですよねぇ」

「下心って？」

「山吹さんに接近しようって」

「なんで、僕に接近するわけ？」

「知りませんよぉ、そんなことぉ」

「いや、だって、自分で言ったんじゃない、加部谷さんが」

「まあ、いいでしょう」加部谷は目を細めて顎を上げる。「とにかく、使える情報っていうのは、以前に戸川さんが、町田さんの部屋の鍵を持っていたことがある、という部分だけですね」

「うん、そうだね。意外に冷静に聞いていたんだね」山吹は頷いた。

「でも、それくらいのことで疑われたんじゃあ、たまったもんじゃないですよね。だいたい、密室のトリックを仕掛ける人間が、事前に、私、彼の部屋の鍵持っててよ、なんて見せびらかします？　馬鹿じゃないですか、そんなの」

「そうそう」山吹は微笑んだ。「そうだよね」

「でも、まあ、本当に馬鹿なのかもしれないし……。うん、わかりません、人のすることなんて。たとえば、その一ヵ月まえのときには、殺すつもりなんて全然なかったのかもしれなくて、そのあと急に殺したくなったとか」

「しかし、計画的ではあるよね。衝動的な殺人、というふうには見えないんじゃない？」山吹は口を挟んだ。

「あ、そうですよね」加部谷はすぐに頷く。「海月君、なにか意見はないの？」

「ない」海月は答える。

「なんか、もっと、全然違うところに原因があるってことはないかなあ」山吹は窓を見ながら言った。「どうしても、あの現場の様子から、身近な人間の仕業だと考えがちだよね」

「そう、ビデオがあったり、φは壊れたね、なんてタイトルがあったり、そういうのがありながら、行きずりの犯行だったら、びっくり大トリックですよね」

「そこそこ、そこなんだ」山吹は彼女に指を向ける。「そういうトリックって、ありえない？　全然関係がない、物取りか、あるいは、表に現れない金のトラブルとかで、たまたま殺してしまって、あとから処理に困って、わけのわからない偽装を手当たりしだいしてみた。その結果が、あんなふうだったたってこと。本当のところ、なにも意味がない、というわけ」

「ビデオカメラも？」

「もちろん、そうだよ」

「うーん、そこまでは、どうかなぁ。いくらなんでも、ちょっと飛びすぎじゃないですか？」加部谷は難しい顔をする。「あの時刻に、戸川さんたちが来ることを予測していないと駄目だし、そういう偽装だとしたら、ドアの鍵を開けておくんじゃありません？　そうじゃないと、もしかしたら、彼女たち諦めて帰っちゃったかもしれないわけですよね。留守だったときは、管理人に頼んで鍵を開けてもらう、という彼女たちの習慣を知っている人間だったら、話は別ですけど」

「それを知っていたのは、誰だろう？」

「戸川、白金、岸野の三人と……」加部谷は指を折り、そのまま天井を見上げた。「友人で誰か、知っている人がいたのかも」

「うん、そっち方面は警察も調べているだろうね。だけど、僕たちが知っている範囲で考えると、たとえば、隣の住人とか、あと、管理人室の近くの住人は、過去に、鍵を開けてもらおうとしている彼女たちを目撃していたかもしれない」

「うん、でも、近所の人だと、合い鍵が作れないでしょう？　合い鍵がなかったら、六〇一号室を密室にすることはできないと思います」

「町田さんと知り合いだったかもしれないじゃん」

「え？」加部谷は小さく口を開けた。「あ、そっかぁ……、でも、そんな隣の人に合い鍵を作らせたりするかしら」

「たとえば、町田さんは、鍵を玄関の近くのどこかに隠しておく習慣があった、とか」

「ほう、なるほどねぇ。ありますね、そういうの。持ち歩くとなくしそうだから、隠して置いておこうって」

「キーホルダが付いていない鍵って、そういうふうに使われる場合が多いかもしれない」

「あれ？　六〇一の鍵には、キーホルダが付いていなかったのですか？」

「いや、僕は知らない」

「なあんだ」

「だけど、そう考えれば、隣の住人にも可能性はある、ということ。たまたま、町田さんが隠した鍵の場所を知ってしまった。そうなると、合い鍵を作るチャンスはあった」

「そうそう、聞こうと思ってたんですよ。合い鍵、作れるんですか？」

「技術的にできないことは、もちろんないよ。それ、そっち方面に詳しいマニアが機械科にいるから、きいてみたら、この頃じゃあ、わりと簡単に作れるみたいだね。料金が割高だっていうだけのことらしい」

「なあんだ。じゃあ、もう全然密室じゃああありませんね」

「あ！」山吹は小さく叫ぶ。目と口を開けたまま、斜め上方へ視線を向ける。

「どうしたんです？　パン食い競走のイメージトレーニング？」加部谷が言った。

8

「めちゃくちゃ大事なことを忘れていた」深刻な顔をして山吹が言った。「どうして忘れていたんだろう。信じられない」

「何ですか？」身を乗り出して、加部谷はきいた。「僕が刺したんだよ、なんていうのはなしですよ」

こういう場面で必ず現れるのがウェイトレスである。二人やってきて、三人の料理がテーブルに並べられた。山吹がハンバーグ定食、海月がギリシャカレー、加部谷がシーフード・スパゲッティ。話は中断したが、ウェイトレスたちが去っても、誰も食べようとしなかった。

「えっとね……、最初に、あの六〇一のドアを開けたときなんだけど」山吹は話した。「僕が鍵を開けて、ドアを引いたとき、玄関の中から箱が崩れて、外に飛び出してきたんだ。どれも空き箱みたいだった。きっと、ドアの内側に寄りかかった状態で積まれていたんだね」

「で、その箱が、どうかしたんですか？」

「うん、それで、そのときは慌てて、箱を片づけた。邪魔だったから、ドアの外に出して、通路の壁際のところに並べたと思う。それがね、今思うと、あのあと、なかったような気がするんだ」

「なかった？　なくなったってことですか？」

「そう。あったら、気がつくから、その箱のことを警察に話したはずなんだ。なかったから、そんな箱の存在すら忘れていた。おかしいなあ、誰かが持っていったのかなぁ。警察が来たときには……、いやいや、僕が二回目に、あの部屋へ行ったときには、もうなかったな。うん、そうだ、間違いない。すっかり忘れていた」

「つまり、どういうこと？　その箱に、なにか重要なものが入っていた、ということですか？」

「違うよ」山吹は首をふった。彼は割り箸《わばし》を持って、食事を始める。「そうじゃない。海月、わかるだろう？」

加部谷は海月を見る。彼はスプーンを持って、黙々とカレーを食べていた。顔すら上げなかった。しかたがないので、彼女は再び山吹を見つめる。こちらはみそ汁の椀《わん》を持っていた。

「何なんです？」我慢ができずにきいた。

「だからさ……」山吹は箸を持った手を軽く振る。「ドアの内側に空き箱が積まれていて、そのドアを開けたら、それが倒れてくるような状況ってのはさ、それ自体が、密室の証拠だってことだよ」

「密室の証拠？」加部谷は難しい顔をつくったが、数秒後にぱっと閃き、口が開いた。「あ、わかった。そっかぁ、そのドアからは出ていったんじゃないってこと？　戸口に箱を積み上げて、それを崩さずに、そっと外に出るのって、できないかしら？」

「できるかもしれないけれど。確実に崩れるようには無理かもね」

「待って待って、そんなの簡単にできるんじゃないですか？　ドアを閉めたときに、箱にぶつかるようにして、それで積み方が不安定になるように工夫しておけば、今度ドアが開いたら、全体が崩れる、という構造ですよ。できそうな気がするけれど」

「うん、そう言われてみれば、できるかもって思えてきた。でもさ、確率としては、やっぱり、ドアを施錠した人物は、ベランダから出ていった、という可能性が高くなる、と考えるのが順当なところだと思うな」

「警察に話さなきゃ」加部谷は言った。

「そうだね……。だけど、箱が消えていたのが、気になるなあ。ゴミだと思って、誰かが気を利かして捨ててしまったんだろうか？　ちょっと、あとで確かめにいってくるよ」

「どうして玄関に箱を積んどいたんでしょう？　まさか、密室を証明するため？」

「さあ……、というか、たぶん、あのオブジェを作ったことで出た、ゴミだと思う」

「オブジェって？」

「殺人現場全体がオブジェみたいだったでしょう？」

「うん、なるほど。そうかぁ」加部谷は息を吐く。「いろいろ小道具も必要だったたってわけですね。でも、普通、出すのはゴミの日で、それまでは……」

「僕は、それまでは、ベランダに出しとくけど」

「うんうん」加部谷は目を大きくして頷いた。「なんか、それ、いい線じゃありません？」

「なんで？　ベランダじゃなくて、玄関に出したっていうのは、反対ってこと？」

「よくわからないけど」加部谷は目を細め、指一本を顎に当てる。「とにかく、もし、その箱が、玄関から最後に出ていくという経路を否定する証拠だとすると、つまり、本当の密室が成立してしまうわけで、てことは、部屋の中にまだ誰かがいた、という可能性も浮上してきますね」

山吹はハンバーグを食べていて、話を聞いていないようだった。しかたなく、加部谷も食べ始める。海月はもうほとんど食べ終わっていた。

バッグが唸ったので、加部谷は携帯電話を取り出した。西之園萌絵からメールが入った。《今、どこ？　大学にいる？》という文字を画面で読む。加部谷はテーブルの下で、すぐに返事を打った。《殺人現場の前のファミレスでお食事中。大発見あり！　乞うご期待！》

「誰？　西之園さんじゃない？」山吹がきいた。

「え、どうしてわかったんです？」

「にやにやしてるから」

「私？　にやにやしてました？」

「西之園さん、何て？」

「いえ、別に……」加部谷はスパゲッティをフォークに絡ませる。「あ、でも、そうですね、警察から新しい情報がなにか入ったのかもしれない。ちょっと、電話をしてきます」

加部谷は食事の途中でフォークを置き、席を立った。

レジの近くの人が少ないところへ移動して、彼女は電話をかけた。

「あ、もしもし」ところが、期待に反して、電話に出たのは男の声だった。

「あれ？　すみません、間違えました。あれぇ、変だなあ」耳から離して、画面を確かめる。しかし、コールした先は間違っていない。西之園萌絵の携帯だ。

「あ、えっとね、西之園君、ちょっと今、出られないんだ」

「私は加部谷です。え？　どなたですか？」

「ああ、加部谷さんね。うん、こんにちは」

「もしかして、犀川先生？」

「あとでかけるように言うよ」

「駄目ですよ、人の電話に出ちゃあ」

「あ、そう？」

「いくら親しくても、マナー違反です」

「どうしよう。えっと、じゃあ、もう一度十分後にかけて。内緒にしておいてね」

「履歴が残ります」

「うーん」困っている様子だ。

「すいません、とにかく、それじゃあ、西之園さんにお伝え下さい。知りませんよう。怒られますよう。では、失礼します」

電話を切ってから、加部谷は舌を出した。

テーブルへ戻ると、既に男性二人は食事を完全に終えていた。

「ちょっと、僕、マンションへ調べにいってくるよ。君たち、ここで待ってて」山吹が立ち上がって言った。

「え、どうして？　ちょっと待って下さい。一緒に行きます」

「三人でぞろぞろ歩くのは変だよ。すぐに戻ってくるから。箱がどうなったのか、どこかにないか、確かめてくるだけ」

山吹は片手を一度広げ、レストランから出ていった。

海月は、バッグから文庫本を出して読み始めている。もう話はしない、という意思表示らしい。加部谷は溜息をついてから、残りのスパゲッティを食べることにした。

第5章　通じるために開けた穴のリスクについて

太陽は明日も昇るだろうというのは一つの仮説である。すなわち、われわれは太陽が昇るかどうか、知っているわけではない。

1

山吹早月は、マンションのロビィへ入った。事件のとき以来の場所である。ポストのプレートを見ると、六〇一には名前がなかった。

エレベータの場所の裏側に、倉庫らしきドアがあったので、そこを開けてみる。中は真っ暗だった。照明のスイッチを探し、内側の壁にそれを見つける。明かりが灯《とも》ると、思ったとおり、ダンボール箱を折り畳んで縛ったものが積まれている。実は、自分のアパートの一階にも、これに似たダンボール収集場所があったので、同様のものを想像していたのだ。

ぺしゃんこになって、紐で綺麗に縛られている。誰がやったのだろう？ 管理人はいないので、臨時管理人の舟元だろうか。あの日、六〇一のドアの横に並べた箱は、誰が持っていったのか。マンションの住人の誰かが気を利かせて、ここへ運んだのではないか、というのが、山吹が考えた流れだった。

見れば思い出すのでは、と期待していたけれど、眺めてみてもピンとくるような色、文字、あるいは柄の箱は見当たらなかった。一つだけ、記憶の片隅から、青いつるつるとした小さな箱があったように思える。電化製品が入っていた箱のような。ビデオカメラだったかもしれない。現場で撮影に使われていたカメラは、新品だったのだろうか。しかし、もしかして警察がもうとっくに箱を発見して、証拠品として持ち去ったのでは、という考えも思い浮かんだ。そうだとしたら、今やっていることはまったくの無駄骨である。

だが、警察は、それが最初ドアの内側にあって、開けたときに崩れ出てきたことを知らない。つまり、重要なものとは全然考えていない可能性が高いのだ。

舟元に電話をかけてみる。

五階に今いるなら訪ねてみようと思ったが、生憎《あいにく》通じなかった。おそらくこの時間はバイトだろう。山吹はエレベータに乗り、一気に六階まで上がることにした。

通路に出ると、六〇一のドアの前には、黄色のテープが張られていた。立ち入り禁止だ。しかし、警察の人間が周囲にいるようには思えない。もちろん、ドアの前には、目当ての空き箱は置かれていなかった。ここは、エレベータを降りたらすぐに見える場所である。

可能性は二つある。誰かが一階の収集場まで持っていった。一度に持てただろうか。箱の中に箱を入れて重ねれば可能かもしれない。もう二週間もまえのことだから、それは捨てられてしまった、と考えるのが常識的だ。

あるいは、誰かが目をつけて、何かに使おうと思い持っていった。そう、たとえば、宅配で荷物を送りたいときには、梱包《こんぽう》のための箱が必要になる。捨ててあるものだと思い、持っていったのか。

そこで、また思い出した。宅配便の男が、六〇二から荷物を持って出ていったではないか。そう、佐藤の代わりに来た男である。彼が、荷物を集荷して、六〇二から出てきた。

多少の躊躇はあったけれど、一気に問題を解決してしまおう、と山吹は決心して、六〇二号室のインターフォンを押した。表札には《馬岡》とある。きっと留守だろうと思ったが、すぐにドアが開いた。

色の黒い若い男が、ぎょろりとした目つきで山吹を睨んだ。

「こんにちは、馬岡さんですか？」

「何だい？」

「すみません。僕は一階下の舟元君の友人で山吹といいます。あの、申し訳ありません、ちょっとお伺いしたいことがあるんです。ほんの少しだけですけど、よろしいでしょうか？」

「何？　押し売りじゃないだろうな？」顔を横へ振り、横目にしてこちらを見る。白いシャツにジーパンだった。靴下を履いていない。

「二週間まえに、隣の部屋で殺人事件がありましたよね。あのとき、実は僕も五階の舟元君の部屋にいたんです。それで、こちらへ一度上がってきました。それは、管理人代理として、舟元君が鍵を持っていたからです。で、そのときに、そこの……」山吹は隣の六〇一の方を指さす。「玄関のすぐ横のところに、空き箱を並べたんですよ。えっと、これくらいの大きさのを、幾つか……」

「ああ、あれか」

「あ、ご存じですか？」

「俺が使ったよ」男は簡単に答えた。「ちょうど、荷物を出さなくちゃいけなくて、細々としたものだったから、適当な箱が欲しかったんだ。そしたら、隣の奴んとこに、捨ててあった。おあつらえ向きだったんでね」

「ああ、良かったぁ。そうですか。全部ですか？」

「うーん、いや……、一番小さい青い箱以外は、全部だ。四つだったかな」

「青い箱、ありましたよね。何の箱でしたっけ？」

「覚えちゃいねえよ、そんなこと」

「電化製品の箱だったように思いますけど。これくらいで」山吹は手で大きさを示した。

「ああ、カメラじゃなかったか？」

「そうですか？」

「ＳＯＮＹって書いてあったような……。あれが一番上にのってて、一番新しそうだったな。でも、開けたら発泡スチロールとかビニルとか、いろいろまだ入ってたんで、余計ゴミになると思ってやめておいた。ちょっと小さかったし」

「なるほど。それじゃあ、それ以外のは全部、こちらへ持ってきたんですね？」

「そうだよ。すぐに荷造りをして、送っちまった」

「わかりました。どうもありがとうございました」

「それが、なんか事件と関係あんのか？」

「いや、わかりません。でも、気になったものですから」

「なんで、あんたが調べてるんだよ？」

「いや、それも、その、成り行きっていうか……。どうも、すいませんでした」

ドアが閉まる。山吹は溜息をついた。

正直なところ、自分でもよくわからない。

何をしているのだ、僕は。

なんとなく、知りたいことがあって、それを知らなくてはならない気がした。細かいことばかりだ。どうでも良いことかもしれない。しかし、その細かいことを知ることによって、大きな背後の謎が解けるような予感がしたのである。

2

エレベータとは反対へ通路を歩き、山吹は、螺旋《らせん》階段で一階まで下りた。それからまた通路を戻ってロビィへ入る。ポストの前に人影があった。近づいていくと、新聞を入れている岸野清一だった。

「やあ」山吹の方から声をかける。

岸野はびっくりした顔をこちらへ向ける。思い出せないのか、しばらく、山吹を見つめていた。

「事件の日に会った」

「ああ……」岸野は頷いた。「そうか」

「どう？」

「何が？」

「警察に、何度も呼ばれた？　それとも、今も尾行がついているとか？」山吹はガラス戸の方を見た。本当に、そこから誰かが覗いていそうな気がした。

岸野は顔を歪《ゆが》ませて頷く。

「戸川さんと、白金さんは、どんなふう？」山吹は、抽象的な質問をした。

「知らないよ。もう俺、行かなくちゃ」

「白金さんが、僕のところへ来たけど」

「え、なんで？」岸野は躰をこちらへ向ける。眉を寄せて、山吹を見据えた。「どうして？　関係あんのか？」

「何に？」

「俺たちに」

「俺たちって、誰のこと？」

「なんで、ここにいるんだよ？」

「うん、ちょっとね、その、気になることがあって。ほら、あの日なんだけれど、SONYのカメラの箱があったんだよね」山吹はガラス戸の方を見る振りをして話していたが、岸野の素振り、表情の変化に注意を集中していた。

岸野は、一瞬目を伏せた。下を向き、口の形を変えた。それから、慌てて山吹の方へ視線を戻す。山吹は、また視線を遠くへ逸らして、無関心さを装《よそお》った。

「ゆって、何？」山吹はきいた。「何かの機種？　カメラにありそうな名前だよね」

「何言ってんだ？」岸野は後退し、三メートルほど離れたところで、ドアの方へ歩きだした。

「変なこときいて、ごめん」山吹は明るく言う。

岸野が出ていったガラス戸に近づき、外を見た。マンションの前に駐めてあったバイクに跨《また》がって、高いエンジン音とともに彼は走り去った。山吹も外に出て、階段を下りていく。

ファミレスの窓を見ると、加部谷がこちらに手を振っているのが見えた。その横に、無表情の海月の顔もあった。

3

加部谷恵美は、スパゲッティを食べたあと、再び席を立って、テーブルから離れた。もう一度西之園萌絵に電話をかけるためである。コールをすると、すぐにつながった。

「はい。私です。恵美ちゃん、何、どうしたの？」西之園が早口で言った。「殺人現場なんかに出かけて……。何があったの？」

「それよりも、どうして犀川先生が出たんですか？　そっちの方が知りたいです」

「ああ……」西之園はそこで黙る。「いえ、私が携帯を先生のところに忘れてしまっただけ」

「今、西之園さんは出られないって、先生、おっしゃいましたよぅ」

「うん、ちょっと、席を外していたの」

「忘れたのと、席を外していたのが、同時に起こったんですね？　どこにいらっしゃるんですか？」

「うーん」西之園が息を吸う音が聞こえた。「まあ、銀河系だよ。そんな話は良いからさ、発見って何なの？」

「さあ、何でしょうか？」

「あ、電話切ろうかなぁ」

「うーん」今度は加部谷が唸る。「酷いなあ。意地悪ですよね」

「どうして？」

「私を子供扱いしているし」

「してないよ、してないよ」

「そうですかぁ？　犀川先生と一緒にいるんですね？」

「うん、まあね」

「言えばいいじゃないですか、別に恥ずかしいことじゃないんだしぃ」

「うーん、まあ、それはそれで、ええ……」

「何です?」

「加部谷さんは、山吹君と二人きり?」

「三人です。ぶう!」加部谷は周囲を気にした。少し声が大きかったかもしれない。

「しかも、今現在は、またも海月君と二人っきりです。彼は黙々と読書中。全然会話成立せず」

「まあ、素敵ねぇ。で、発見というのは?」

「何だったかな、えっと、そうそう。白金さんが、研究室に訪ねてきたんですよ」

「え? いつ」

「一時間ちょっとまえに」

加部谷はその様子を手短に話した。しかし、たちまち説明が終わってしまうほど内容は少なかった。そのあと、殺人現場の前のファミリィレストランへ三人でやってきた。山吹が空き箱のことを思い出して、今はマンションへ一人で調べにいっている、という話もする。

「そう……。あ、でもね」西之園は言った。「山吹君に、無理をしないようにって言っておいて。大丈夫だとは思うけれど」

「立ち入らない方が良い、という意味ですね？」

「うん、そう。ちゃんと警察が捜査をしているんだから」

「箱のことは、警察に話した方が良いですよね？」

「もう一度ビデオをよく調べてもらうわ。画像を調節すれば、玄関の奥の方まで映っているかもしれないし。ええ、私が伝えておきます。まだ、しばらくそこにいる？」

「どうかなぁ、もう食べちゃったし、山吹君が戻ってきたら、帰ることになると思います」

「そう、気をつけて」

「はあい、わかりました」

電話を仕舞って、テーブルへ戻る。窓からマンションを眺めると、ロビィのところに、山吹ともう一人の男の姿が見えた。さきほどまで本を読んでいた海月も窓の外を見ている。

「あれ、誰だろう？」加部谷はシートに腰掛けながら言った。

「新聞配達をしているから、岸野では？」海月が答える。

「ああ」加部谷は頷く。

聞いていないようで、ちゃんと話を聞いているのが、海月の特徴だ。記憶力も抜群で、きっと成績も良いだろう。クラスでも、ときどきそういう海月の噂話が出るけれど、しかし誰も実態は知らない。

マンションから、その岸野と思われる男が出てきて、バイクに乗って走り去った。続いて、山吹がロビィから出てくる。こちらを向いたので、加部谷は手を振って応えた。

4

山吹が戻ってきたところで、突然雨が降りだした。土砂降《どしゃぶ》りである。レストランを出て、駅まで歩くつもりでいたが、しばらくここで時間を潰して、雨があがるのを待つ以外にない。三人は、飲みものの追加を注文した。男性は二人ともコーヒー、加部谷はココア。時刻は間もなく七時半だった。

山吹は、マンションでの短い調査の結果を報告した。なくなった箱は、隣の六〇二に住む馬岡という男が持っていった。しかし、一つだけ目立った箱は例外で、それだけは行方不明である。中に発泡スチロールが入った電化製品の入れものだったらしい。ビデオカメラではないか、と山吹は話す。

「現場を撮影するために使ったカメラですか？」加部谷は尋ねた。「そういえば、あれは誰のカメラだったのかしら？」

「そりゃあ、被害者の部屋にあったものだから、被害者の持ちものだと考えるのが普通だよね」山吹は答える。「犯人のものだと、そこから足がつく」

「つまり、足がつかないように、新品を買ってきて使った、ということかしら？　だとしたら、お金がかかっていますね」

「どうして、それがなくなったのかなぁ」山吹が首を傾げる。「誰が持っていったんだろう？　警察が来るまえだったんだ」

「うーん、全然わからない。あとぉ、積んであった箱が崩れたっていうのが、やっぱり密室の条件としては、重要ですよね。西之園さんが、もう一度ビデオをよく調べてみるって、言ってましたよ」

「西之園さんに、もう知らせたの？」

「ええ」加部谷は微笑んだ。

「まあ、いいや、今日はどっちみち、ここまでだね」山吹は窓の外へ視線を向ける。

「どうかなぁ、やむかな、これ」

「やまなかったら、どうします。駅まで行ったら、びしょぬれですよね」

「コンビニで傘を買う。コンビニなら、近くにあるよ」

「そういえば、舟元さんは、今日はバイトですか？」

「たぶんね」

海月はコーヒーを飲みながら、文庫本を読んでいる。哲学書だろうか、それとも歴史関係だろうか。いずれにしても、ノンフィクションであることは間違いない。山吹は小説好きだが、海月は架空の物語を読むことはない、と話していたことがある。そのわりには画集などを見るのだから変だ。あれは、架空のイメージではないのだろうか、と加部谷は思うのだ。

「ねえ、海月君、事件のことでなにか考えていることはない?」彼女はきいてみた。同じ質問を、まえにもしたことがあるような気がした。

「特にない」海月は答える。

そう答えるだろうとは思っていた。

「引っかかることとか、ここが不思議だとか、もっと、これを調べれば良いのではとか、あとぉ、えっとぉ、そうそう、あいつが怪しいんじゃないかとか、ここらへんになにか見え隠れする邪悪な精神がありそうな気がするとか、糸口はこうして徐々に解きほぐされていくものなのだ、みたいな、そんなのはない?」

「自分の言っていること、わかってるの? それ」山吹が素っ気なく言った。

加部谷は口を尖らせて、山吹を睨み返す。少々退屈しているのだ。場を盛り上げようとしているのに、水を差すことはないだろう、というのが彼女の言い分である。

「一つあるとすれば、実際に使われた凶器を見てみたい」海月が言った。

彼にしては長い台詞《せりふ》である。意外に、しゃべるときにはしゃべるのだ。大学の講義などでも、先生に質問をされると、海月はちゃんと話す。話すときはすらすらと歯切れは良いし、抑揚はないものの、舞台の役者が話すようにとても滑らかである。つまり、話すことが苦手なのではない。彼の場合、必要がないから話さない、ということらしい。もしかしたら、他人に絶望しているのだろうか。どうせ話しても理解をしてもらえない、だから話すだけ無駄だ、と考えているのかもしれない。海月の態度を見ていると、そんなふうに思えてくる。

無理に話をするのはよそう、と加部谷は心に決めた。窓の外へ目をやると、雨の勢いは相変わらず弱まらない。山吹がなにか話してくれると助かるのだけれど、と彼女は思う。ガラスに映っている山吹をぼんやりと見ている自分を意識した。

携帯電話にメールが入った。ここではない世界へ抜け出せることに、加部谷は少しほっとする。西之園萌絵からのメールだった。

《車で迎えにいってあげるから、そこで待ってて。事件の関係で知りたいこと、見たいものはない?》という画面の文字をテーブルの下で読む。他の二人に見られないように隠している理由が何なのか不思議である。

加部谷は、山吹と海月を見た。向こうもこちらを見ていた。しかし、さきほどのことがあったので、彼女は説明を放棄して、そのままメールのリプライを書くことに専念する。

《ありがとうございます！　話がはずまなくて死にそう、早く来て下さい。海月君が凶器を見てみたいって言ってます》と文字を打って、送信した。彼女は電話を閉じてバッグへ戻す。

「西之園さんが、迎えにきてくれるって」加部谷は言った。

「へえ、いいなあ」山吹は微笑まずに応える。「やみそうにないもんね」

「どうして？　皆さんで乗せてもらえば良いでしょう？」

「西之園さんの車って、全部二人乗りだよ」

「あ、そうか……」加部谷は数秒間考えて頷いた。「確かに、そうですね」

西之園萌絵は、加部谷が知っているだけでも五台の自動車を所有しているが、それらは、すべてツーシータのスポーツカーである。四人乗りの車は見たことがない。

「でも、三人でいるって話したから、なにか考えてくれるかもしれませんよ」

「そうだね、傘くらい貸してもらえると助かるな」山吹は肩を竦める。

「ねえ、ゆの意味でも、考えてみませんか？」加部谷は座り直して、テーブルに躰を近づける。「ほら、やっぱりぃ、議論をしないと、頭って働かないでしょう？」

「そういう人もいるね」山吹は頷いた。

「ぶすぅ」加部谷は口を尖らせる。

「φが何を意味するか、それをいくら考えても、事件の解決には貢献しないと思うな」山吹は言った。「あれは、被害者が殺人者を示すために残したダイイング・メッセージってわけじゃないんだからね。書いたのは、たぶん犯人だ。だとしたら、それから事件の真相が導かれるという道理はないといえる。むしろその逆で、捜査を混乱させる目的があったかも。違うかな？」

「いえ、私もそれは同感です。でも、暇なんですからぁ、考えるくらい良いかなって思っただけですよ。他にもっと有意義な話題があるなら、取り下げますけれど」

「加部谷さん、φについてなにか言いたいことがあるんだね？」

「そうですねぇ……」加部谷は視線を天井へ向ける。「と言いながら、今考えているわけですけれど、たとえばぁ、あれは、ギリシャ文字ではなくて、漢字の《中》なのではないか、という可能性はありますよね」

「《中は壊れたね》だと、劇的に意味が通じるかな」

「たとえば、仲良しだった友人関係が破綻してしまった、という意味とか」

「中という字が違うよ。人偏がない」山吹が言う。

「書いた人が間違えたんです。私も、よく間違えますから」

「そういう人は珍しいと思うなぁ」山吹が笑った。「むしろ、そのままの文字で、中身が壊れた、という意味だったら、ありえるんじゃない？」

「外は壊れていなくても、中は壊れたよ、ってことですか？　使いますか？　たとえば、どういう場合がそうかなぁ。普通、壊れるときは、外から壊れませんか？」

「機械類の故障なんかは、中がさきに壊れるよ。コンピュータとかさ」

「あ、そうか。でも、中が壊れたなんて、言わないでしょう？」

「言う、言わない、の問題かな？　少し違うんじゃない？」

「では、次の可能性へ行きましょう」加部谷はまた上を見る。「と言いながら考えてっと……、そうですねぇ。ギリシャ文字のφだとするとぉ……、えっとえっと、たとえば、発音をスペルで書くとFAIだから、FAIという何かの団体を示しているとか。FAIって、なんかありそうじゃないですか」

「あるかな……」山吹が可笑しそうに首を捻った。

「有名なのは、スペインのイベリア・アナーキスト連盟」海月が言った。

「わぁ、びっくり」加部谷は声を上げる。

「あと、国際航空連盟が、Fédération Aéronautique Internationaleだから、FAIかな」海月が無表情のまま続けた。

「知識の宝庫じゃないですか」加部谷は指を差す。「海月君、絶対、テレビのクイズ番組に出なさいって」

「しかし、φは、綴《つづ》りは、FAIではない」海月は顔を上げて、加部谷を睨んだ。「P

ＨＩだ」

「え？　ああ、そうかぁ、ＰＨね。うんうん。フェニックスとかのね。フィロソフィなんて、ｐｈが二回も出てくる、あれって、何なの？　どうしてＦにしないんだって、思わない？」

「テーマが外れているように思う」山吹が言った。

「ＰＨＩという団体はないですか？」加部谷はきいた。

「Public Health Instituteって、あるんじゃない？」山吹が答える。「だけど、それをギリシャ文字のφで書くということは、ないんじゃないかなぁ」

「そうですよねぇ」加部谷は頷く。「うーん、では、今度は、壊れるについて、考察してみましょう」

「どういうふうに？」

「壊れる、というのは、どういう意味ですか？」

「形が崩れる、ということかな」

「形が変化しても、壊れないものがありますよ。たとえば、折り畳み式自転車とか」

「何が言いたいの？」

「一方では、形が変わらないのに、壊れると言われるものもありますね。さっき出てきたコンピュータとかの故障は、形はそのままでしょう？」

「だから?」

「つまりですね、元どおりには簡単に戻せない状態、これを壊れる、というのです」加部谷は指を立てた。

「壊れても簡単に元どおりに直せるものもあるよ」山吹は言う。

「うーん、そうですか?」

「放っておいたら、使えない状態になる、という意味かな」山吹は言う。「しかし、今回の《φは壊れたね》の意味を考察しているんでしょう? 無駄な議論をしていると思うなあ」

「いえいえ、そもそも議論の大半は無駄なのです」加部谷は溜息をついた。「黙っているよりは、少々無駄でも議論を続ける方が発想が出やすい、ですから、こうして無理にしゃべり続けているんです」

「海月は、黙っているよ」山吹は指をさす。「黙っていてもちゃんと考えられる人間と、誰かに話しかけないと考えがまとまらないタイプの人間がいるってことだね」

「私だって、別に、黙って考えることくらいできます。でも、こうして、せっかく他人と同じテーブルについているんですから、できるだけ友好的にというか、うーん、寂しくない雰囲気を作りたいし、黙っていたら、一人でいるのと同じわけだし。それこそ、相手が何を考えているかわからない状態っていうのも、誤解の元になりかねないでしょう？　コミュニケーションを常にとろうという平和的な姿勢なんです。なんか、私が馬鹿だからしゃべりつづけているみたいじゃないですか」

「ごめんごめん、そんなつもりで言ったんじゃないよ」山吹が片手を広げた。「気を悪くしないで」

「海月君がいけないんだよね」加部谷は海月を睨んだ。「君がさ、もう少し話すように努力してくれたら、私の負担はぐんと減ると思うんだけどなあ」

「話す内容がなくても、つぎつぎに言葉が繰り出せる、というのは、一つの才能だと評価できる」海月が言った。

「え？　それ、褒めてくれてるの？」

5

その後も加部谷がしゃべり続け、三十分後に西之園萌絵がレストランに現れるまで場をつないだ。西之園は、薄いピンク色のジャケットを着ていた。地下百メートルほど控えめに見ても、明らかに派手である。加部谷は、密かに国際救助隊のユニフォームを思い浮かべたほどだったが、そういった派手さに太刀打ちできる風貌を備えているかどうか、という問題に帰着するのだな、と思考が及ぶ。

「お待たせ」加部谷の隣のシートに座りながら、西之園は言った。「雨は今夜中やまないって言ってるよ、天気予報」

「そういう日に誰も傘を持ってない、という三人組です」加部谷は言う。「誰か天気予報くらい見ろよって感じですよね」

西之園がコーヒーを注文した。ウェイトレスが去っていくと、彼女はバッグから一枚の写真を取り出した。テーブルの中央にそれを置き、片手を反らせて、それを示す。

「ご注文の品はこれになります」西之園が畏《かしこ》まった口調で言った。彼女なりのジョークらしいが、加部谷は少し寒くなった。

写真は非常に明確な内容で、バックは白。そこにナイフが一本アップで写っている。四角い枠内に斜めに収まっていて、すぐ近くには、メジャが置かれていた。サイズがそれでわかり、全長は二十五センチほどだった。刃も柄も金属製で、ステンレスのように光沢がある。登山やキャンプで使うものだろうか、というのが、加部谷の感想だった。

誰も質問をしなかったけれど、西之園がこの写真を持ってきた、ということは、これが今回の事件の凶器になった本物のナイフであることはまちがいない。つまり、町田弘司の命を奪ったナイフである。

加部谷は、写真から視線を上げて、まず海月及介を見た。彼は最初は身を乗り出して写真を覗き込んでいたが、今はもうシートにもたれている。しかし、本を読んではいない。伏し目がちにして、なにかを考えている顔だが、それはいつものことなので、特に今が集中思考の最中である、というわけでもないだろう。加部谷がじっと見据えていると、海月はふと視線を上げ、彼女を見た。

「ナイフを見たいって言ったの、君だよ、海月君」加部谷は指摘する。

「見た」海月は一言、そして小さく頷いた。

「で、なにかわかった?」加部谷は尋ねる。

「うん」彼は僅かに目を細める。それだけでも海月には珍しい変化といえる。「だいたいわかった」

「だいたいじゃ、困るんだよね」加部谷は微笑む。「もう少しさぁ、詳しく説明してくれないかしら」

「まあまあ。なんか、今日の加部谷さん、ちょっといらいらしているんですよ」山吹は西之園に言う。「雨が降ってじめじめしているし、そういう日もあるよね」

海月を睨みつけていた視線を、そのまま山吹に向ける。

「実はね……」西之園が話した。「そのナイフの写真を見せてほしいって言った人が、もう一人いたの。それで、昨日、刑事さんにお願いして、この写真を借りてきたところだったわけ」西之園は急ににっこりと微笑んだ。「だから、私はね、海月君が、ナイフを見たいと言った、と聞いた時点で、ああそうなのねって、ピンときちゃったよ。貴方、つまり、犯人がわかったのでしょう？」

「ちょっとちょっと」加部谷は慌てて身を乗り出す。「何のことです？　犯人がわかったぁ？　いきなり、そんなパスを通したら、オフサイドですよぅ。えっとぉ、ちょっとプレイバックしますけどぉ、その、ナイフを見たいと言ったっていう、もう一人っていうのは誰ですか？」

「犀川先生」西之園が答える。

「ああ……」加部谷は口を開けて、そのまま三秒ほど停止した。

「犀川先生って、国枝先生の先生のこと？」山吹がきいた。

「うーん、いえ、正確には違いますよね」加部谷は首を傾げている山吹を見る。「N大の犀川助教授。西之園さんの指導教官です。国枝先生は、このまえまで、犀川先生の講座の助手だったんですよね。だから、国枝先生の先生じゃなくて、上司です」

「それで、ナイフがどうかしたんですか？」山吹は質問する。それから、隣の海月を見た。「なんか、意味あんの？」

「特徴があるナイフってこともないし」加部谷は写真を見ながら言った。「別にどこにでもある、なんの変哲もないナイフだと思えるけどなぁ」

「なんの変哲もないナイフだ」海月が答える。「それが今わかった」

「うん」加部谷は頷き、顔を上げて海月を見る。「それがわかると、何がわかるわけ？」

海月は下を向いた。そして、そのまま黙ってしまう。

数秒間。

「ちょっとぉ、何なの？」加部谷はもう我慢ができなかった。「ここまできて、それって、あり？　こんなにみんなが期待しているのにぃ」

「勘違いしないでほしい」海月は上目遣いに加部谷を見た。「確かに、僕は自分の個人的な欲求から、ナイフが見たいと言い、その願いが叶《かな》ったことで、その欲求を満たした。しかし、君に、それがどんな内容のものだったかを話すと約束した覚えはない。僕は、ある理論によって今回の事件の犯人が誰なのかを知っただけだ。これは、その確率が高く、僕個人が納得できる結論ではあるけれど、それが事実だという保証はないし、もちろん、事実だと主張する気持ちはまったくない。何故なら、推論に誤差を生じることに僕は責任が持てないからだ。またたとえ、論理が導く結論がほぼ百パーセントの確率で現実を言い表しているとしても、僕には、それを説明し、現実はこうこうこのようでしたと説明する義務はない。また、一旦口外したことで生じる責任は、やはり僕自身に降りかかることを避けられないんだよ。わかるかい？」

「えっと、うん……」加部谷は頷いてしまった。残念ながら、耳から入力した海月の言葉をまだ頭の中で分析している最中だった。「ようするに、こういうこと？　自分なりに推理をして犯人の見当をつけることができたけれど、それを口にして、もし間違っていたときに責任を追及されるのが恐い。そうね？」

「恐くはない」海月は答えた。「僕自身に大きな影響があるとは思えない。僕が推論の結果を語っても、語らなくても、大差はないんだ。警察は科学的な捜査によって、この犯行の真相を暴くだろう」

「だけどね、君の推論の結果とやらに、まだ警察は気づいてないかもしれないわけでしょう？　としたら、それを教えてあげることは、社会への貢献になるって、そう考えれば？」

「そんな協力は誰も求めていない。警察が推理をしてくれって言ってきたかい？　推論が事件を直接解決することはないんだ。法治国家において、それはあってはならないことだといっても良い。推論とは、その推論を組み立てた本人にとっては真実でも、他の者にとっては、あくまでも一つの予測、あるいは予感にすぎない。そんなもので、犯人を指摘することは、極めて原始的であり、封建的な社会で横行したある種の犯罪と考えても、けして間違いではない」

「わかったわかった」加部谷は片手を広げ、溜息をつく。「こんなに、沢山の海月君の声を聞けただけで疲れちゃったわよ。山吹さん、なにか言ってあげて下さいよ。はぁ、もう……」

「こういうの、多いんだ」山吹は白い歯を見せて笑っている。「今まで何度こういう目に遭ったかしれないから、僕はすっかり学習してしまった」

「そう……」西之園も目を丸くして海月を見ていた。「いるのね、同じ系列の人が……」

どちらも、加部谷の解決にはなっていなかった。

6

西之園がコーヒーを飲み終わった頃には、雨が多少は大人しくなっていた。四人はレストランを出た。傘をさして西之園が駐車場へ一人で出ていき、出口の前まで車を持ってくることになった。ヘッドライトをつけて近づいてきた車は、小さな普通の乗用車でスポーツカーではない。それに後部座席があり、四人が乗れるようだった。助手席側のドアが開いたので、とりあえず、順番に車の中へ乗り込む。後ろに男性二人が入り、助手席に加部谷が座った。

「こんな車もあったんですね」加部谷は言う。

「ああ、これね……、犀川先生の車」西之園は答えた。

「え？　あ……、そうだ。そういえば。これって、最初にお会いした頃、買い換えたっておっしゃっていたやつですね？」

「そうなのよ、もう、いいかげんに換えたらって言ってるんだけれど」そう言いながら、西之園は車を走らせる。

最寄りの駅で、山吹と海月が降りた。加部谷は再び助手席に乗り直し、窓を開けた。

「お休みなさい」彼女は外の二人に手を振った。「海月君、また明日ねぇ」

「明日は、日曜日だ」海月が言った。

「誰かさんに、そっくり」奥の運転席で西之園が微笑んだ。

黄色い小型乗用車がロータリィから出ていくのを見届け、山吹と海月は切符を買って、改札口を通る。まだ九時まえだが、既に構内は閑散としていた。ホームへ上がっても、ベンチに座っている人が数人。二人は車両の一番前の辺りで待つことにした。ベンチの裏側にある時刻表で調べると、次の電車まで三分待てば良いことがわかった。

「僕にだけ、こっそり教えてくれよ」山吹は言った。「誰にも言わないからさ」

「ああ」海月は横目で山吹を見て、そして頷いた。「何から話そう？」

「ナイフが、どうした？」

「普通のナイフだった」海月は言う。「あれを見て、人は何と言う？　ナイフだ、ナイフがある、そう言うだろう？」

「うん」山吹は頷いた。

「白金瑞穂は、そうは言わなかった。ビデオに記録が残っている」

「え？」山吹は驚いた。そして、白金の言葉を思い出そうとする。「彼女、何て言ってたっけ？」

「銀色のナイフ」海月が答える。

「ああ、そうそう、そう言っていたね。でも、間違いじゃない、銀色じゃないか。というか……、金属の色そのものだけれど」

「そう、間違いではない。でも、誰もあれを銀色のナイフとは言わない。絶対に言わない。しかも、あの場面、発見した死体にナイフが突き刺さっている場面で、それを言ったんだ。誰に言った言葉だと思う？」

「そりゃ、戸川優に言ったんだろう？」

「戸川は、もっと死体の近くにいた。死体に触れようとしていた。その彼女に向かって、銀色のナイフ、という表現をするだろうか」

「まあ、確かに、少し変ではあるね」

「まるで、台本のようだ。つまりそれは、そのナイフが見えない人に、説明しようとしているからだ」

「どういうこと？」山吹は眉を寄せた。「白金さんが、すべてを仕組んだって言いたいわけ？」

「そう」海月は頷いた。

「よくわからないなあ。どうして、銀色なんて言ったんだ？」

「つまり、そのナイフが見えない視点へ向けて、説明をした。説明をしてしまったんだ」

「ああ、見えない視点って、ビデオカメラのことか」

「何故、そんな説明的な表現が必要だったのか。それは、間違いなくそこにナイフがあって、私はそれを見ているのだ、ということを信じさせたかった。何故か？　実はそこに、ナイフがなかったからだ」

「なかった？」

電車到着のアナウンスがスピーカから流れる。

二人はホームの先へ歩き、乗車口に立った。

「なかったって？」山吹は言葉を繰り返す。「なかったはずはない、だって、現に見つかっているんだし、僕も、それを見たし、警察だって……」

アナウンスが、黄色い線よりも下がるように繰り返す。ヘッドライトが近づいてきた。

すぐ後ろから叫び声が聞こえた。

山吹は振り返る。

しかし、自分に向かって突進してくるものが目に入り、すぐにそれと接触した。

人間だ。
咄嗟《とっさ》のことで腕を上げて顔をかばった。
だが、衝撃は胸に。
彼の躰は突き飛ばされた。
後方へ。
あっという間に、躰が宙に浮く。
落ちる、と思った。
足に衝撃、そして尻餅をつく。
右を見る。
強大なものがすぐ近くに。
眩しい光の中。
恐ろしいような大音響でホーンが鳴る。
金属が軋《きし》む高い音が間近に。
細かい振動を全身で感じる。
痛いとか、そういった感覚はまるでない。
躰を起こしても、もう無駄だ、ということはわかった。
電車が近づいてくる。

間に合わない。

もの凄く大きい。

下半分は初めて見た光景。

車輪の間の空間が見えた。

火花が飛んでいる。

近づいてくる。

山吹は手をついて起き上がった。

周囲は錆びついた砂利。

ごつごつとした大きな石ころ。

足の片方がレールにのっている。レールがこんなに高いものだと初めて知った。

静かになる。

電車は、山吹の三メートルほど手前で停車していた。空気を吹き出す大きな音が鳴る。怒りで息を吐き出したみたいな、威嚇するような音だった。

「山吹! 大丈夫か?」上から声。

そちらを見ると雨が顔に当たった。

そうか、雨が降っていたのか、と思い出す。

ホームの上から飛び降りた影が、山吹のすぐそばに着地した。彼が差し出した手を握り、山吹は立ち上がった。

「怪我は？」海月がきく。

「さあ……」山吹は答える。「押した奴は？」

「逃げた。階段を駆け下りていった」

「見た？」

「岸野だ」海月は言った。「階段のところに、もう一人いた。女だ。よくは見えなかったが、おそらく」

「白金か？」

「たぶん」

「おーい、大丈夫ですか？」ホームの上から声がかかる。知らないうちに大勢の人間がすぐ上に立っていた。電車の乗客だろうか。

何人かの手を借りて、山吹はホームへ上がった。

「どうしました？　大丈夫ですか？」駅員がきく。

「運転手さんに聞いて下さい。後ろから押されて、落とされたんです」山吹は言った。

海月が自力でホームへ上がってきた。

「君が突き落としたのか？」駅員が海月に尋ねる。

「いいえ、違いますよ。彼は友達です。押した奴は、階段を下りて逃げたそうです」山吹は説明する。「あの、警察を呼んでもらえますか」

電車はすぐには発車しなかった。なにかを確認している様子である。山吹は近くのベンチに腰掛けた。

「この電車に乗って、このまま帰ったら、駄目だろうか」近くに立っている海月に、山吹は呟く。「そういうわけにはいかないよなぁ」

しばらく緊張したままで笑えなかった顔が、ようやく自然な笑顔になったような気がした。掌《てのひら》に擦り傷を見つける。あとは、着ているものが多少汚れた程度だった。明日になれば、どこかが痛くなりそうな予感もするけれど、しかし大したことがなかったのは幸いである。

「どっちみち、電車は止まるつもりで減速していたわけで、それくらいわかりそうなものだよね。てことは、殺すつもりはなかったのかなぁ？　第一さ、どうして僕が狙われたんだろう？　犯人が指摘できるのは、海月、お前の方だろう？」

「なにか、彼に言ったんだろう？　鎌をかけて」海月が言った。

「ああ、そういえば、さっき……」

「口は災いの元」

「確かに……。はぁ、そういうことか」

「教訓は認識するよりも、実践することに価値がある」

「ああ、わかったよ」山吹は吹き出した。

7

駅長室の隣の部屋で待たされた。

黄色いお茶が出た。この形の湯飲みも、この黄色いお茶も、どういうわけか方々で見かける定番である。山吹は実家が旅館なので、この種のお茶は商売用だと認識していたのだが、この頃、多少不思議に感じるようになった。一般の家では、馴染みのない飲みもののようである。

ホームから突き落とされる直前まで、海月と話していた内容、すなわち、事件に関する彼の推論の続きを、山吹は是非とも聞きたかったのだが、それを促すと、海月はこう言うのである。

「もうすぐ警察が来る。話すのは一度にしたい」

そう言われてしまうと、お茶を飲むしかない。

しかし、ナイフがなかった、という彼の言葉から、どんどん想像は広がっていった。そして、次々に新たな疑問がわき上がってきて、海月に質問を投げかけたいという衝動を抑えるために、ストレスがどんどん蓄積された。つい肩に力が入り、気がつくと難しい顔をしている自分に気づく。そのたびに意識してゆっくりと湯飲みを口へ運び、味のしないお茶をすすり、溜息をつき、首を回して筋肉をほぐした。

会議室のような場所である。簡易なテーブルと椅子のセットが置かれていた。二十名程度が入る広さだが、今は二人しかいない。さきほどまでいた駅長と駅員は、警察を出迎えにいったようだが、なかなか戻ってこなかった。

電話で加部谷恵美に知らせてやろうか、とも考えたが、今の段階ではホームに落ちたことしか伝えることがない。海月が何を話すのかを聞いてからの方が良いだろう、と山吹は計算した。

通路から声が聞こえ、駅長がドアを開けた。刑事たちが入ってくる。鵜飼という名の大男と、もう一人は、研究室にビデオを持ってきた丸眼鏡の近藤刑事だった。

「ああ、どうも、大丈夫ですか？　もう落ち着かれました？」鵜飼はそう言いながらパイプ椅子に座ったが、椅子が壊れそうだった。

駅員が刑事たちにもお茶を持ってくる。駅長は業務があるので、と挨拶をして退室した。山吹と海月が並んで座っているテーブルと直角の角度になる並びのテーブルに、二人の刑事が着いている。鵜飼の方が近い。

まず、山吹が状況を説明した。これは一分もかからない短くて単純なストーリィだった。突き落とした相手が誰だったかは、海月が目撃している、と彼は結んだ。

刑事たちが、海月の方を見た。海月が黙っていたので、山吹は気を利かせて代わりに説明した。自分のこの気遣いが、ますますこの友人を無口にさせているのでは、とときどき考える山吹である。

「海月君によれば、岸野さんらしい、ということです。実は夕方、マンションで彼と会ったばかりです」

ファミレスへ友人三人で行き、事件後初めてマンションにも入った、という話を山吹はした。空き箱の話も簡単に説明した。最後に、新聞を配達しにきていた岸野にロビィで会ったことを話す。

「だけど、どうして、岸野さんに、僕が突き落とされなくちゃいけないのかは、全然わかりません」山吹は首をふった。「あの、それよりもですね、今回事件のことで、刑事さんたちに海月君から話があるみたいですよ。ちょっと彼の話を聞いてあげて下さい」

「そのまえにまず、岸野さんだった、というのは確かなことですか？」鵜飼が海月を見据えて質問をした。

「ええ」海月は簡単に頷く。「きっと、パニックだったんでしょう。彼が殺したわけではありませんが、自分が関わっていることがストレスになっていたのではないかと想像します」

「ちょっと待って下さいね」鵜飼が片手を広げる。「彼が殺したわけではない、というのは、町田さんのことですね？　どうしてそんなことが言えるんですか？」

「単なる想像です」

「そのご想像を、もう少し詳しくご説明願えますか？」

「はい、そのつもりです」海月は頷く。

刑事たちは一度顔を見合わせた。山吹も隣の海月の横顔を盗み見る。彼は椅子の背にもたれて座っている。目を少し細めて、テーブルの上を観察しているような視線だった。そこにはしかし、黄色いお茶以外になにもない。

「ビデオカメラがセットされ一部始終が撮影されていることを承知のうえで、戸川さんと白金さんは、町田さんの部屋に入りました。彼女たちの会話は、すべて台本があって、そのとおりに話した結果だったはずです。何をするか、何を見るか、どういう表情をするのか、事前に何度も練習をしたかもしれません。彼女たちは、台本どおり間違いなく演技を行いました。しかし、唯一のミスは、演技ではなく、台本にありました。それは、銀色のナイフ、という白金さんに割り当てられた台詞です」海月は滑らかな口調で説明した。

「銀色のナイフ？」鵜飼刑事が身を乗り出した。

「普通の金属製のナイフです。それを、わざわざ銀色のナイフと形容することの不自然さです。もしナイフが特別な色、たとえば黄色とかあるいは赤とかだったら、黄色いナイフ、赤いナイフ、という表現もそれほど不自然ではありません。しかしそれでも、目の前にそれを見ている二人が会話をするとき、その赤いナイフを取って、と言いますか？　演劇やドラマの台本ならばありえますが、普通の会話では、そういったことは、ほぼ百パーセントありえません。特に、死体を発見し言葉を失っている状態、着色されていない金属のままのナイフ、であればなおさらです」

「なるほど」鵜飼は頷いた。「脚本ミス、とおっしゃるのですね。彼女たちは、何故演技をしたのでしょうか？」

「そう考えることが自然の流れです」海月は無表情のまま頷いた。「カメラには、町田さん自身はぎりぎり映っていませんでした。もちろん、彼の胸に刺さったナイフも映像として残っていません。この状況で、実はそのナイフがなかったからこそ、それを台詞で補おうとした。既にそこにナイフが刺さっている。そのナイフを白金さんは見ている。そしてそれが確かに、のちに重要な証拠品となる銀色のナイフである、それを主張したかった。その意志が台本の台詞に混入したのです。つまり、最初はナイフはなかった」

「しかし……」鵜飼は首を捻る。

山吹も眉を顰めた。ナイフがない状況から、何を想像すれば良いのだろう、彼には思い浮かばない。ナイフは発見されているのだ、現実として存在したのである。

海月が話していることは、なにか哲学的な問答のように聞こえてしまう。人間がナイフと認識するその物体がない、すなわち物体は存在しても、認識によって人間とナイフが関連づけられなければ、存在しないことに等しい、というようなことを、海月ならば言いそうだ、と山吹は想像した。しかし、もちろんここは我慢をして、彼の話を聞かねばならない。

8

「ナイフが実はなかった、という仮定をします」海月は話を続ける。「そこから導かれる推論は一つです。まず、ナイフが町田さんを刺し殺したのは、いつだったのか、と考察します。ナイフはなかったのですから、当然ながら、最初に戸川さんたちが部屋に入ったあと、ということになります」

「あと？　つまり……」鵜飼が目を見開く。

「山吹君が鍵を開けて、彼女たち二人を部屋に入れたときには、まだ町田さんは生きていました。したがって、戸川さんが、彼を発見したあとに、ナイフをバッグから出して、彼の胸に突きつけたのです。彼女たちが、ナイフを抜いた、と見せかけた行為が、実は殺害の瞬間でした。カメラには写っていません。ナイフはそのまますぐに引き抜かれ、戸川さんは返り血を浴びました」

「しかし、生きていたなら……」

「そう、町田さんは、何故抵抗しなかったのか、という疑問が浮上します。しかし、特異な状況を考えて下さい。そもそも、両手を縛られて宙吊りになっていたのは何故か、ということをさきに考察しましょう。あの状況をセットするためには、明らかに一人では困難です。意識のない人間を、あの状態にするためには、持ち上げて支える者と、手を縛る者が最低限必要となり、少なくとも二人がいなくてはなりません。しかし、もしも被害者本人が生きていて、自分で立ち、自分で腕を上げて協力したのならば、作業は圧倒的に簡単になるでしょう。彼が立つための低い台、あるいは椅子があって、あとは、手を縛る者がのるための椅子があれば、充分です。作業のあと、彼の足許の台を取り除けば良い。彼が足をちょっと上げてくれれば、さらに簡単です」

「ちょっと待って下さい」鵜飼が片手を顔の前で立てた。「なんですか、本人が、殺されたかった、というのですか?」

「作品なんですよ」海月は答える。「そういう作品だったのです。その作品のタイトルが《φは壊れたね》だったのです。もちろん、宙吊りになり、手も腕も痛い。彼の意識は殺されるときには、既に朦朧《もうろう》となっていたでしょう。しかし、声を上げなかったのは、彼に相当の覚悟があったからだと想像できます。少しくらいの声を上げても、鮮明に録音されないように、彼女たち二人は大騒ぎをしていました。悲鳴を上げて、彼の声を隠すつもりだったでしょう。もちろん、万が一、声が漏れてしまっても、それは、ナイフを抜くときに被害者が意識を取り戻した、というふうに認識されるだけのことです」

「ああ……」鵜飼は口を開けたままである。「まあ、状況としては、わからないでもありませんが、しかし、どうしてまた、そんなことをしたのか……、私にはさっぱり理解できませんが」

「さて、いくら被害者が協力的であっても、彼一人だけでは、不可能です。腕を縛る人間はどうしても必要だからです。その人間が一人いたと仮定すると、彼は部屋からは出られなくなります。最終的には、鍵がかかっていたからです。また、たとえ、もう一つ未知の合い鍵が存在したとしても、玄関のドアの前には空き箱が積まれていましたので、そこから出ていったのではない、と考えるのが妥当です。となると、残るアクセス経路は、ベランダになりますが、このベランダも、発見時には内側から施錠されていたことが確認されています」

「もう一人が、まだ、部屋に残っていた、というんですか?」鵜飼はきいた。

「空き箱が玄関に置かれていたのは、意図的なものだったと思います」海月は刑事の質問を無視して続ける。「そうして、密室を少しでも確かなものとして演出したのでしょう。残念ながら、気づいてもらえなかった」

「いや、気づいたよ」山吹は訴える。「少し遅かったけれど」

「合い鍵を作れば簡単でしたが……」海月は山吹の発言にも取り合わない。「彼女たちは、あれが電子ロックという新しいタイプのキーであり、合い鍵は作れない機構のものだと信じていたのかもしれません。あとになってから、合い鍵が作れることを知って、慌てて、白金さんが別のストーリィを作って、山吹君に話しにきました。三人がお互いに不信感を持ち、お互いを疑っている、というように見せかける、つまりは攪乱《かくらん》することが目的です。しかし、三人の団結は、かなり固いものと推察します。町田さんも含めれば、四人。彼らは一つの作品《φは壊れたね》を共同製作していたのです」

「三人というのは、戸川、白金、そして岸野ですね？」鵜飼は尋ねた。

「そうだと思います」海月が珍しく反応する。「しかし、岸野さんが三人目である確証はありません。ただ、山吹君を襲ったところをみると、状況的にはまず間違いないでしょう。おそらく、岸野さんが、町田さんを縛った。そして、カメラのセットもしたかもしれません。彼は、カメラに自分が写らないように注意して、ベランダへ出ました。その戸を施錠したのは、あとで部屋へやってきた戸川さんです。ナイフを使ったあと、窓の方へ一度近づいていますが、あのときです。カーテンに血が付いていましたね？ そのカーテンを使って、鍵をかけたはずです。ですから、指紋は残りません。これで、密室は合い鍵を使わずに完成しました。当然ながらこれも、作品の重要なファクタだったと思われます。彼らは、密室を成立させることによって、作品を創り上げながら、自分たちは疑われない、と考えたかもしれません。手口は一見不可能です。不可能であれば、疑われない、という発想だった、という可能性もあります」

「ベランダから、どうしたの？　下のベランダへ降りて、一階まで行ったってこと？」山吹は尋ねた。

「六階だから、下までいくには、五回も危険な目に遭わないといけない。運動能力がある程度以上あればできないことではないかもしれないけれど、それぞれの階に住人がいるわけだから、危険も飛躍的に増大する」海月は山吹を横目で見た。「だから、戸川さんは、五〇一の管理人を呼び出しにいったんだ。そうすれば、少なくとも、一階下のベランダへ降りる安全は確保できる。外部からは目撃される可能性もあるが、それは周囲を見渡し、注意してからタイミングを見計らって実行することでほとんど回避できる、と考えたんだろうね。レストランの窓からも、上の方までは見えにくい」

「そうか、じゃあつまり、僕が鍵を開けにいっている間に、岸野は、五〇一のベランダに降りて、部屋の中を通り抜けて、外へ出ていった、というわけだね。それが、密室のトリックだったってこと？」

「トリックといえるかどうかは、別の評価だ」

「ああ、なんだぁ、簡単じゃないか」思わず山吹は舌打ちをする。加部谷恵美なら、灯台もと暗しって言うだろう、そういう彼女の顔が思い浮かんだ。「自分が利用されていたなんて、ショック大きいよなあ」

「しかし、舟元さんのところのベランダの鍵が開いていなかったら、困りますよね」鵜飼が指摘した。

「ああ、そうだ」山吹も頷く。「開いていたかなあ、覚えていないけれど」

「それは、戸川さんが、二回目に五〇一へ行ったときに確認したでしょう」海月は話した。彼は山吹を見る。「バスルームで血を洗い流したときだ。君は、ずっと彼女を見ていたかい?」

「あ、いや……」山吹は海月に見据えられ、首を竦めた。「えっと、そうか、さきに六階へ上がったんだ。そう、あとから、彼女も戻ってきた」

「もし、五階のベランダで岸野さんが立ち往生していたら、そのとき、戸川さんが彼を入れて逃がすことができる。そういう計画でした。実際がどうだったかはわかりません」海月は無表情のまま言った。「これで全部です。なにか疑問点があるでしょうか?」

「いえ……」鵜飼はまだ驚きの表情である。「大変筋の通ったお話だったと思います。ええ、驚きました。あの三人が、全員関わっていたなんて……。しかも、被害者本人まで、とは」

「そう仮定すれば、僕が聞いた情報だけですが、状況の説明を合理的につけることができる、というだけの話です。彼らの人間関係についてはまったくわかりませんし、そのディテールは見えません。動機もわかりません。作品だった、と言ったのは、単に僕の解釈であって、彼らの認識がどこにあるのかも不明です。ただ、三人の中で主導的だったのは、戸川さんか、あるいは白金さんのいずれかでしょう。そうですね、最も直接的な役割を果たした戸川さんがリーダだった、と考えることが妥当なところだとは思いますけれど、それをさせるだけの強い力があるならば、白金さんの可能性も残されています。リーダは一歩後ろに引いて、全体を視野に入れた位置に立ちたがるものです。山吹君のところへやってきた白金さんの行動を考えても、この可能性が低くない確率で残されているのではないか、と僕は思います。本当に優れたリーダは、外部からは誰がリーダなのかわからないように立ち回ることができます。山吹君をホームから突き落とすよう、岸野に命令したのが、どちらだったのか、によりますね。それが戸川さんだったら、リーダは白金さんですし、白金さんだったら、リーダは戸川さんです。それくらい、あの判断はリーダのすることではない、愚作である、というのが僕の評価です」

「愚作ね」山吹は頷いた。「愚作で、僕はこんな目に遭ったわけか……」

その後、駅長も戻ってきて、事務的なことを幾つか尋ねられた。黄色いお茶の三杯目が出た。

最後はパトカーで自宅まで送ってもらえることになり、山吹のアパートの前で、海月も車から降りた。

「一応、この近辺でパトロールを強化しておりますから、大丈夫だとは思いますが、戸締まりはしっかりと、ご確認下さい」鵜飼はそう言って、パトカーへ戻っていった。

山吹の部屋へ海月も上がる。玄関の鍵をちゃんと締め、チェーンもかけておいた。

「消えた空き箱がキーだと思ったんだけどなあ」山吹はキッチンでコーヒーの用意をしながら話した。「なくなった箱は、カメラが入っていたものだろうって考えたんだけれど、あれはどこへ行ったんだろう？　それが事件を解く鍵だと思ったんだ」

「誰か別の人間が持っていったか、戸川か白金が途中で気づいて、通路から下へこっそり落としたか。それを、岸野が持ち去ったか」

「どうして、持ち去ったの？」

「さあ、忘れ物だったのか、それとも、自分の欲しいものが、その箱に残っていて、それを思い出したのか。あるいは、消えることで目立たそうとしたのか。結局あれは、密室であることを示すためのアイテムでしかなかった」

「こっちが気づいてあげるのが遅かっただけか」

「そう。警察に君がそれを話さなかったことで、やきもきしていただろうね」

「これだって思うものが、手掛かりってわけでもないんだ」

「すべてが手掛かりだし、同時に、すべてが無関係だ。現実の多層性とは、そういうものだよ」

「タソウセイ?」

「説明は、また今度」

「なんで?」

「君は疲れている。難しい話はやめよう」

海月は壁に背をつけて座り、本を読み始めた。山吹は、コーヒーメーカを見る。ガラスが曇りつつあった。

加部谷や西之園に知らせてやりたい、という気持ちもあったけれど、しかし、少々面倒になってしまった。なにしろ、この友人は二度と同じ話はしないだろうから、聞いたばかりの話を、もう一度自分がすることになるだろう。それが億劫《おっくう》だ。

溜息。

なるほど、疲れているのか。

コーヒーを飲んでからゆっくりと考えよう、と彼は思った。

エピローグ

語りえぬものについては、沈黙せねばならない。

翌日は静かな日曜日で、山吹はぐっすりと眠ることができた。研究室にも出ていかなかったから、誰にも会わなかった。ケーブルTVで映画を二本観たら、日が暮れてしまい、せめて夕食くらいはきちんとしたものを食べようと、買いものに出かけ、帰路、海月のアパートに寄って彼を誘ってから帰宅した。一時間は料理に没頭し、二人分のディナを作った。途中で海月が現れたが、もちろん食前に手伝うこともなく、食後も味に対する感想も言わなかった。こういうのを、真の消費者というのだろう。

「ちょっと、ここらへんが痛い」腕を上げ、腰を捻りながら山吹は話した。

海月はちらりと一瞬こちらを見ただけ。

「医者に診てもらった方が良いかな?」

「僕が見るよりは、いくぶん良いだろう」

海月が帰っていき、日曜日はこれで終わり。

加部谷や西之園からなんの連絡もなかったことが、不思議に思えてきた。加部谷はともかく、西之園は警察と親密に連絡を取っている様子だった。昨日のことは既に彼女の耳に届いているのではないだろうか。しかし、こちらから電話をかける気にもまだなれない。明日になれば顔を合わすのだから、と考えて、山吹は諦めた。

ベッドで音楽を聴いているうちに眠くなり、目が覚めたときは、既に月曜日の早朝だった。

天気がとても良い。バイクを引き上げに駅まで歩き、それで大学まで乗りつけた。研究室には一番乗りで、自分一人だけのためにコーヒーを淹れた。コンピュータを覚まし、ネットを巡回しながらコーヒーを飲んでいたら、国枝助教授が部屋に入ってきた。

「あれ? 早いな」国枝は難しい顔で近づいてくる。そして、山吹のディスプレィを覗き込んだ。「暇を持て余しているようだ」

「いえ、先生、違います。これから、仕事を始めようと思っていたところです」

「常に仕事を始めようと思い続ける人生、というのもある」国枝は言った。「良いエクササイズがあるから」

「え、何ですか?」

「今から転送する。ちょっとした作図なんだけどね。関係図とクロス集計だけでいい。簡単。あと、一般的な統計的考察は、まあ、できるところまででいい。任せる」

「えぇ、何なんですか? どこかの委員会の報告書ですか?」

「うん、悪い。しかし、君のためになることは確かだから、それほど、悪いとは正直思っていない」

「はあ、そうですか……」山吹は苦笑する。

国枝は戻っていった。嫌味を言われないだけ調子が良いのだろう。もしかして、機嫌がもの凄く良いのかもしれない。

「そうだ」戸口で国枝は立ち止まって、山吹を見た。「あの、例の事件、どうなったの?」

「さあ」山吹はとぼけた。

国枝は隣の部屋に消える。

しゃべらないのも、なかなか楽しいものだ。こうしてしゃべらずにいれば、漬けものみたいに深い味わいが出てくるのではないだろうか。そうか、海月及介のシステムが少しわかったぞ、と彼は思う。

メールがすぐに届き、彼は国枝から依頼された仕事をさきに片づけることにした。午前中には片づきそうだった。

単純な作業だが、こういった数字の処理は嫌いではない。これをしているうちに考える、その思考がわりと面白い。

ときどき、あれ？　という小さな障害物に出くわす。そこでストップし、その謎を放置するか、少し後戻りして、それを取り除く作業を優先するか、を判断することになる。謎をわざと残しておく手法もあるだろう。そもそも、謎だと思うこと自体が主観であり、基のデータには、客観的な謎が存在しているわけではない。多くの場合、それは単なる勘違い、すなわち、記憶間違い、あるいは見込み違いによって見かけ上生じている。

一方、謎が解消するという概念もまた、単なる思い込み、あるいは推論による納得、それとも、最適な解釈による妥協でしかない。自分の中で、何かが歩み寄った結果だ。現実というものを相手にする場合、どんなものであれ、多かれ少なかれ、歩み寄りが必要だろう。自分が摑んだ、と思える真実とは、自分が作り上げた都合の良い真実である。

本当のところ、真実とは、けっして完全に目の前に姿を現すことはないのだから。

特に、人間が行うこと、人間が考えることは、さらに曖昧《あいまい》なものであり、因果関係を数式のように結ぶことはほぼ不可能だ。たとえできたとしても、そのほとんどは、平均的、あるいは代表的な一つの仮説を示しているにすぎない。それで納得する人間がいる、という現象に基づいた解決の一手法とはいえ、これもやはり妥協の産物である。

一昨日の夜に、海月及介が説明した仮説で、山吹自身は納得していたけれど、おそらくこれは、自分がそれで納得して、その問題からはもう離脱したいと考えたせいだろう、という気がしてならなかった。

これと同様の力学が、たとえば人を殺してしまうほどの強い仕組みを支えることだってあるはずだ。よくわからないけれども、もやもやとしている、これを断ち切るためには、彼を殺さなければならない、きっとそれで解決するだろう、早くこのもやもやから逃れたい……、というようなケースである。

もやもやではなく、もっと切実な嫌悪であるかもしれないし、それとも、さらに輝かしい新天地への指向であるかもしれない。芸術だって、もやもやを解決するときもあれば、新天地を目指した大いなるムーブメントも、きっとある。

客観的命題とはただ、この世に現れ、この世に残る、現象という地層、すなわち歴史だ。どう考え、何を目指したか、何を恐れ、何を避けようとしたのか、そういった意志は風化して消えてしまう。残るのは、誰が死んだのか、何が作られ、何が壊されたのか、という物質的なものだけである。それはつまり、記念碑に刻まれた文字のようなもの……、ただ、それだけが何年ものちまで残るのである。永年の風雨によって岩が砕け、文字が読めなくなる未来までは……。

なるほど、壊れたね、という意味が少しわかった。

わかった気がした。

歩み寄ったのだ、と思った。

あのビデオのタイトルは、《壊れたね》であって、けして、《壊したね》ではなかったということだ。

誰かが壊したものではない。

自然に、内側から崩壊したものだった。

町田自身が、それに気づき、それに対する最後の叫びとして、あの言葉を選んだのかもしれない。もしそうならば、他の三人は、その叫び声を聞き届けてやった恩人といえるだろう。

現実とは乖離《かいり》しているかもしれないが、その解釈は、自分的には綺麗に仕舞える形に、山吹には感じられた。

このまま記憶しよう。

そうすれば、あるいは良い思い出になるかもしれない。

酔っぱらってホームに落ちたことがあるよ、という嘘を、そのうち話したくなったりする、かもしれない。

そんな気が、少しだけした。

冒頭および作中各章の引用文は『論理哲学論考』（ウィトゲンシュタイン著　野矢茂樹訳　岩波文庫）によりました。

EYE LOVE EYE

視覚障害その他の理由で活字のままでこの本を利用出来ない人のために、営利を目的とする場合を除き「録音図書」「点字図書」「拡大写本」等の製作をすることを認めます。その際は著作権者、または、出版社まで御連絡ください。

定価はカバーに表示してあります

φ《ファイ》は壊《こわ》れたね

二〇〇四年九月五日　第一刷発行

KODANSHA NOVELS

著者—森《もり》　博《ひろ》嗣《し》

発行者—野間佐和子

発行所—株式会社講談社

東京都文京区音羽二-一二-二一

郵便番号一一二-八〇〇一

編集部〇三-五三九五-三五〇六
販売部〇三-五三九五-五八一七
業務部〇三-五三九五-三六一五

本文データ制作—講談社DTPルーム

印刷所—凸版印刷株式会社　製本所—株式会社上島製本所

N.D.C.913　288p　18cm

ISBN4-06-182392-2

KODANSHA NOVELS 講談社ノベルス

名探偵・天下一大五郎登場!
名探偵の掟 東野圭吾

これぞ究極のフーダニット!
私が彼を殺した 東野圭吾

『秘密』『白夜行』へ至る東野作品の分岐点!
悪意 東野圭吾

第15回メフィスト賞受賞作
真っ暗な夜明け 氷川 透

本格の極北
最後から二番めの真実 氷川 透

強力本格推理
人魚とミノタウロス 氷川 透

純粋本格ミステリ
密室ロジック 氷川 透

書下ろし大トリック・アリバイ崩し
北津軽 逆アリバイの死角 深谷忠記

驚天の大トリック本格推理
横浜・修善寺0《ゼロ》の交差 深谷忠記

傑作推理巨編
運命の塔 深谷忠記

書下ろし長編本格ミステリ
千曲川殺人悲歌 小諸・東京＋−の交差 深谷忠記

〃法医学教室奇談〃シリーズ
暁天の星 鬼籍通覧 椹野道流《ふしのみちる》

〃法医学教室奇談〃シリーズ
無明の闇 鬼籍通覧 椹野道流

〃法医学教室奇談〃シリーズ
壷中の天 鬼籍通覧 椹野道流

〃法医学教室奇談〃シリーズ
隻手の声 鬼籍通覧 椹野道流

〃法医学教室奇談〃シリーズ
禅定《ぜんじょう》の弓 鬼籍通覧 椹野道流

本格ミステリ・アンソロジー
本格ミステリ01 本格ミステリ作家クラブ・編

本格ミステリの精髄!
本格ミステリ02 本格ミステリ作家クラブ・編

2003年本格短編ベスト・セレクション
本格ミステリ03 本格ミステリ作家クラブ・編

2004年本格短編ベスト・セレクション
本格ミステリ04 本格ミステリ作家クラブ・編

第19回メフィスト賞受賞作
煙か土か食い物 舞城王太郎《まいじょうおうたろう》

いまもっとも危険な〃小説〃!
暗闇の中で子供 舞城王太郎

ボーイミーツガール・ミステリー
世界は密室でできている。 舞城王太郎

舞城王太郎のすべてが炸裂する!
九十九十九《ツクモジュウク》 舞城王太郎

殺戮の女神が君臨する!
黒娘 アウトサイダー・フィメール 牧野 修

歌人牧水の直感が冴える!
若山牧水・暮坂峠の殺人 真鍋繁樹

新本格推理・異色のデビュー作
翼ある闇 メルカトル鮎最後の事件 麻耶雄嵩《まやゆたか》

処女作「翼ある闇」に続く奇蹟の第2弾
夏と冬の奏鳴曲《ソナタ》 麻耶雄嵩

奇蹟の書第3弾
痾(あ) 麻耶雄嵩

異形の長編本格ミステリー
あいにくの雨で 麻耶雄嵩

七つの《奇蹟》
メルカトルと美袋のための殺人 麻耶雄嵩

非情の超絶推理
木製の王子 麻耶雄嵩

「忌む家」とは
ホラー作家の棲む家 三津田信三

本格ミステリの巨大伽藍
作者不詳 ミステリ作家の読む本 三津田信三

衝撃の遺体消失ホラー
蛇棺葬 三津田信三

身体が凍るほどの怪異！
百蛇堂 怪談作家の語る話 三津田信三

書下ろし本格トラベル推理
新潟発「あさひ」複層の殺意 峰隆一郎

書下ろし本格トラベル推理
博多・札幌見えざる殺人ルート 峰隆一郎

書下ろし本格トラベル推理
金沢発特急「北陸」殺人連鎖 峰隆一郎

書下ろし本格トラベル推理
寝台特急「出雲」消された婚約者 峰隆一郎

書下ろしトラベルミステリー
特急「あずさ12号」美しき殺人者 峰隆一郎

書下ろしトラベルミステリー
特急「日本海」最果ての殺意 峰隆一郎

トラベル＆バイオレンス・ミステリー
新幹線『のぞみ6号』死者の指定席 峰隆一郎

トラベル＆バイオレンス・ミステリー
新幹線『やまびこ8号』死の個室 峰隆一郎

書下ろしトラベル＆バイオレンス・ミステリー
寝台特急『瀬戸』鋼鉄の柩 峰隆一郎

書下ろしトラベルミステリー
特急「北陸」「富士」個室殺人の接点 峰隆一郎

書下ろしトラベルミステリー
寝台特急「さくら」死者の罠 峰隆一郎

書下ろしトラベル推理
特急「白山」悪女の毒 峰隆一郎

書下ろしトラベルミステリー
飛騨高山に死す 峰隆一郎

近未来国際謀略シミュレーション
中国・台湾電脳大戦 宮崎正弘

書下ろしリゾート＆サスペンス
沙織のニース誘拐紀行 村瀬千文

奇想天外探偵小説
血食 系図屋奔走セリ 物集高音《もずめたかね》

歴史民俗ミステリ
赤きマント 【第四赤口の会】 物集高音

本格民俗学ミステリ
吸血鬼の壜詰 【第四赤口の会】 物集高音

本格の精髄
すべてがFになる 森 博嗣

硬質かつ純粋なる本格ミステリ
冷たい密室と博士たち 森 博嗣

純白な論理ミステリ
笑わない数学者 森 博嗣

清冽な論理ミステリ
詩的私的ジャック 森 博嗣

論理の美しさ
封印再度 森 博嗣

ミステリィ珠玉集
まどろみ消去 森 博嗣

KODANSHA NOVELS 講談社ノベルス

森ミステリィのイリュージョン
幻惑の死と使途 森 博嗣

繊細なる森ミステリィの冴え
夏のレプリカ 森 博嗣

清冽なる衝撃、これぞ森ミステリィ
今はもうない 森 博嗣

多彩にして純粋な森ミステリィの冴え
数奇にして模型 森 博嗣

最高潮！ 森ミステリィ
有限と微小のパン 森 博嗣

森ミステリィの現在、そして未来。
地球儀のスライス 森 博嗣

森ミステリィの華麗なる新展開
黒猫の三角 森 博嗣

冷たく優しい森マジック
人形式モナリザ 森 博嗣

森ミステリィの華麗なる展開
月は幽咽《ゆうえつ》のデバイス 森 博嗣

森ミステリィ、七色の魔球
夢・出逢い・魔性 森 博嗣

驚愕の空中密室
魔剣天翔 森 博嗣

森ミステリィの煌き
今夜はパラシュート博物館へ 森 博嗣

豪華絢爛 森ミステリィ
恋恋蓮歩の演習 森 博嗣

森ミステリィ、凛然たる論理
六人の超音波科学者 森 博嗣

摂理の深遠、森ミステリィ
そして二人だけになった 森 博嗣

創刊20周年記念特別書き下ろし
捩れ屋敷の利鈍 森 博嗣

至高の密室、森ミステリィ
朽ちる散る落ちる 森 博嗣

端正にして華麗、森ミステリィ
赤緑黒白 森 博嗣

千変万化、森ミステリィ
虚空の逆マトリクス 森 博嗣

森ミステリィの更なる境地
四季 春 森 博嗣

優美なる佇まい、森ミステリィ
四季 夏 森 博嗣

精緻の美、森ミステリィ
四季 秋 森 博嗣

森ミステリィの極点
四季 冬 森 博嗣

森ミステリィの新世界
φ《ファイ》は壊れたね 森 博嗣

ハードボイルド長編推理
狙撃者の悲歌 森村誠一

長編本格推理
明日なき者への供花 森村誠一

長編本格ミステリー
背徳の詩集 森村誠一

長編本格ミステリー
暗黒凶像 森村誠一

長編本格ミステリー
殺人の祭壇 森村誠一

長編ドラマティック・ミステリー
夜行列車 森村誠一

長編ドラマティック・ミステリー
殺人の花客《かかく》　森村誠一

長編ドラマティック・ミステリー
殺人の詩集　森村誠一

連作ドラマティック・ミステリー
殺人のスポットライト　森村誠一

長編サスペンス
星の町　森村誠一

連作ドラマティック・ミステリー
完全犯罪のエチュード　森村誠一

第30回メフィスト賞受賞
極限推理コロシアム　矢野龍王

完璧な短編集
ミステリーズ　山口雅也

パンク＝マザーグースの事件簿
キッド・ピストルズの慢心　山口雅也

本格ミステリ
垂里冴子のお見合いと推理　山口雅也

本格ミステリ
続・垂里冴子のお見合いと推理　山口雅也

『ミステリーズ』の姉妹編
マニアックス　山口雅也

世紀末探偵御伽草子
13人目の探偵士　山口雅也

書下ろし本格推理
神曲法廷　山田正紀

書下ろし本格推理
長靴をはいた犬　神性探偵・佐伯神一郎　山田正紀

超本格トラベルミステリ
篠婆　骨の街の殺人　山田正紀

書下ろし戦略シミュレーション
幻の戦艦空母「信濃」沖縄突入　山村正夫

名探偵・令嬢キャサリンの推理
ヘアデザイナー殺人事件　山村美紗

長編本格推理　白猫怪死の謎
京都紫野殺人事件　山村美紗

長編本格推理　墜死した花嫁
京都新婚旅行殺人事件　山村美紗

ミステリー傑作集
愛人旅行殺人事件　山村美紗

長編本格トリック推理
京都再婚旅行殺人事件　山村美紗

税関検査官・陽子の推理
大阪国際空港殺人事件　山村美紗

長編旅情ミステリー
小京都連続殺人事件　山村美紗

長編ミステリー　真犯人は誰？
シンデレラの殺人銘柄　山村美紗

令嬢探偵キャサリンの推理
グルメ列車殺人事件　山村美紗

令嬢探偵キャサリンの推理
シンガポール蜜月旅行殺人事件　山村美紗

令嬢探偵キャサリンの推理
天の橋立殺人事件　山村美紗

旅情ミステリー＆トリック
愛の飛鳥路殺人事件　山村美紗

傑作ミステリー
紫水晶殺人事件　山村美紗

長編本格推理
愛の立待岬　山村美紗

KODANSHA 講談社ノベルス NOVELS